# 魔王になるのを回避した結果なぜか勇者に愛されています

天野かづき

23969

角川ルビー文庫

# 目次

口絵・本文イラスト／蓮川愛

「ああ、ありがとうございます……ありがとうございます……！」

すっかり怪我の治った子どもを抱きしめて、母親とおぼしき女性がそう言った。その目からは止めどなく涙が零れ落ちている。

「お力になれてよかった。神のご加護がありますように」

デュナルがそう言って微笑むと、まるでタイミングを見計らっていたかのように、午後の最初の光が背後のステンドグラスから入り込む。ただでさえ荘厳な雰囲気の大聖堂は神々しさを増し、デュナルに後光が差しているかのように演出する。

彼女は息を吞むと体の前で手を組んで、デュナルに祈りを捧げた。

「次の方がお待ちですので……」

「は、はい。申し訳ありません。本当にありがとうございました」

神官に促されて、親子は長椅子から降りると何度も頭を下げて、衝立の向こうへと姿を消す。

デュナルは慈悲深く見えるだろう微笑みを浮かべて、それを見送ると次に入ってきた患者に向き合った。

――フェルシオン王国の国教でもあるフェマータータ教の教会本部、大教会。

用途によっていくつもの聖堂があるその教会の、入り口にほど近い大聖堂は、広く門戸を開き、怪我や病気の人々のための治療を行っている。医療によるものではなく、治癒魔法によるものだ。

平日である今日は無料での治療ではないため、普段よりは多い気がするものの、多すぎて対処できないというほどではない。太陽の日に行われる無料の治療には、この大聖堂に入りきれないほどの人が押しかけてくる。尤も、そのときは全体に薄い治癒魔法を施すことになるため、大病や命に関わる怪我などを完治させることはできないのだけれど……。

世知辛いなぁとは思うが、教会もただの組織であり、動かしているのは人だ。食べなければならないし、給与だって発生する。建物の修繕も必要だ。国からの支援を受けているとはいえ、それに頼り切るのは危険である。政と宗教は切り離しておくというのが、ここ何代もの教主の考えで、デュナルもその考えには賛同していた。

だが、そうである以上、財源は別に確保せざるを得ない。平民であっても治療が受けられるよう、身分によって必要とされる金額に差を持たせるくらいはしているのだが、そもそも平民が旅をすることは難しい世界だ。大教会のあるこの聖都まで来るのも、大変だったことだろう。先ほどの親子も決して裕福ではないだろう身なりをしていたが、きっと息子のために切り詰めてここまで来たに違いない。ああいう者たちを見ると、デュナルは少し切なくなる。

そんなことを考えている間にも、治療の列は進んでいく。

だが、ステンドグラスから光が入る時間ということは、そろそろ交代だろう。そう思ううちに、目の前に一人の男が立った。

「ああ、アルフレッド」

「今日は随分多いね。デュナルの時間に間に合わないかと思って焦った」

そう言ってため息を吐いたのは、お互いがもっと幼かった頃からの知己であり、デュナルにとっては弟分というか、懐いてくる近所の子どものような親しみを感じる相手である。

名前はアルフレッドといって、冒険者をしている青年だ。艶のある黒髪に、海のような深く青い瞳をしている。年は、この年の初めに二十四を数えたデュナルの三つ下。いや、先日誕生日を迎えていたから今は二つ下か。

出会った頃は小さな魔獣にも手を焼いて、デュナルがこっそり治療をしてやっていたのだが、いつの間にかみるみる実力を付け、現在では冒険者ランクもAになっている。それどころか、Sも近いのではと噂されているらしい。ちなみにランクはFから始まってSまであるのだが、アルフレッドの若さでAというのは相当速いようだ。

その上、同じ男としてはちょっと腹が立つような整った顔立ちをしている。最近ではそこに男らしさも加味されてきたため、おそらく外ではモテにモテていることだろう。

自分だって昔に比べれば美形と言っていい顔立ちなんだからな、と思うものの、やや中性的な容姿の自分とアルフレッドでは、女性から向けられる視線の方向性が違う。

「酷い怪我……痛かったでしょう？」

左腕に酷い裂傷を負ったアルフレッドに、デュナルは眉を顰める。包帯などは一つ前の患者を診ている間に助手を務めている神官がほどいてくれているため、怪我の様子を見ながら急いで治癒魔法を施す。

「あなたほどの実力がありながらここまでの怪我をするなんて、一体どれほどの相手だったのですか？」

問う間にもみるみる皮膚が元へと戻っていく。健康な状態に戻った肌を見て、デュナルはほっと息を吐いた。

「別に大した相手じゃないよ。少し油断しただけだから……」

その言葉に、本当だろうか？　と思う。アルフレッドはしばしば傷を負っては教会を訪れるけれど、ここまでのものは久し振りだった。

「気をつけなければいけませんよ」

デュナルの言葉に、アルフレッドはこくりと頷く。

「ありがとう、デュナル」

「神のご加護がありますように」

小さな声で素直に礼を言うアルフレッドの、子どもの頃から変わらぬ様子に、デュナルはそう言って微笑む。

けれど……。

「それじゃ、また来るよ」

去り際にそう言い残されて、本当に気をつける気があるのかと少し呆れつつ笑ってしまった。

「失礼な男ですね。聖者様に向かってあのような口を利くなど……」

今日の助手を務めている神官が、どこかむっとしたように言うので、デュナルは苦笑する。

どうやら彼は、デュナルがアルフレッドの治療をするのに初めて立ち会ったようだ。稀に聖者という肩書きを持つデュナルを神聖視する者がいて、そういう者にとってはアルフレッドの態度は図々しく感じられるらしい。

「彼とは昔からの知り合いですから。私もあのように接してくれて嬉しいのです」

「……聖者様がそうおっしゃるのなら」

助手は渋々といった様子でそう言う。それに何かを返すより前に、次の患者が進み出てきて、同時に助手から、本日はこの者で最後です、と耳打ちされた。やはりもう交代の時間のようだ。

遠くからやって来たという男性は、召使いらしい男に体を支えられていた。長椅子に横たわった男に治癒魔法を施しつつ、先ほどのアルフレッドの怪我を思う。

魔物の爪らしきものでぱっくりと裂かれたような、裂傷だった。デュナルでなくとも時間を掛ければ治せる者がいる程度の怪我だったが、小さな怪我ではない。アルフレッドはしばしば教会を訪れるけれど、ほとんどがポーションと呼ばれる市販の回復薬で十分なのでは、という程度のものなのだ。それに比べると今日の怪我は、珍しく大きな怪我だったとも言える。

――まさか魔物の力が強くなってる、とかじゃないよなぁ。

ゲームの出だしで、そんなことがあったようななかったような……と考えて、少しだけ心配になる。

なぜなら、本来ならば魔王が復活してもおかしくない時期になっているからだ。

ゲーム、そして魔王の復活予定。

どうしてデュナルがそんなことを知っているのかと言えば、デュナルには前世の記憶があるためだ。

日本という国で、一人暮らしをしながら会社員をしていた記憶だ。正直、ややブラック寄りの会社だったが、完全なブラックというわけでもなく……辞める機会もないまま三年ほど勤めたことは覚えている。もう随分昔の記憶なので、曖昧なことも多い。ただ亡くなったときの記憶は全くないので、おそらく突然死だったのではないだろうか。

そして、その記憶によると、ここはファンタジーを下敷きとした十八禁ゲーム――エロゲの世界のはずだった。

ファンタジーと言っても、大したストーリーはない。魔王が復活し、勇者がそれを討伐に出るというのが大まかなストーリーで、一緒に旅をするメンバーとセックスすることでバフを得られるという、エロゲならではの設定がある。

旅を続ける中で好みの女の子を仲間にして好感度を上げ、セックスしてレベルを上げ、魔王を斃してハッピーエンド、というゲームだった。斃せなければバッドエンドだが、スチルを埋めたいという目的で敢えて負けようとでもしない限りは勝てる程度の難易度だ。正直、RPG要素はおまけ程度なのである。

そして、本来のストーリーならば、魔王はデュナルの体を乗っ取ってこの世界に顕現するはずだった。

ゲームでのデュナルは強すぎる魔力の暴走によって親に捨てられ、魔力防壁の強い大教会の地下に監禁される。そうして魔力暴走による身体的苦痛と孤独から精神を病み、復活させた魔王に体を乗っ取られるのだ。

けれど、実際のデュナルは前世の記憶のせいか精神的にある程度大人だったので、暴走を抑えるべく辛い魔力制御に励み、こうして無事に監禁から逃れたのである。そして、外の世界を知ったデュナルは、ここがゲームの世界だと気付いたのだ。

現在、デュナルは、死んでいなければ誰でも救える、と言われるほどの治癒力を持った存在として『聖者』と呼ばれ、教会のシンボル的な存在になっていた。

ちなみに教会内では、癒やしの力に使うので神力と呼ばれているが、実際は魔力と神力は同じものだ。

まだ若いから役職的には神官という立場だが、いずれ教会のトップに立つだろうと噂されているし、おそらくこのまま行けばいつかはそうなるだろう。

デュナルとしてはせっかくファンタジーエロゲ世界に転生し、魔王の復活も結果的に阻止したのだから、冒険者とかになって旅をしてみたいという気持ちもあるのだが、多分、上が許可してくれないだろう。

デュナルが旅に出ると言い出したら、上を下への大騒ぎになって、連日説得のために何時間も拘束されるに違いない。

とはいえ、自由は少ないが、今も悪い生活ではない。

衣食住は保障されている上に、日々の仕事は午前の四時間を治療、午後は教会内にいれば基本的には自由で、ちょっとした書類仕事や治療に対する感謝の手紙を読んだり、たまに返事を書いたりする程度。稀に出張に行く際は多少忙しいし社交が面倒ではあるけれど、おいしいものが食べられるのは嬉しい。

それに何より、この教会には『聖女』がいるのである。

聖女エリアーナはメインヒロインで、デュナルの前世からの推しだった。

ありふれた茶髪に地味なグレーの瞳をした自分とは違い、ふわふわとした淡い金髪にペリドットのような美しい瞳の美少女である。

こちらで初めて会ったときは、まだ幼女と言っていい年齢だったため、さすがに劣情を抱いたりはしなかったし、幼い頃から見守っていたせいか、ゲームと同じ年頃になった今も、邪な気持ち自体は消えてしまった。

それでも推しに対する、尊いという気持ちはある。いや、むしろ強まったと言っていい。

だから、本来だったら魔王討伐という過酷な旅に出る予定だった聖女が教会に残れるようになったことはよかったよな……と思う。もちろん、大切に見守ってきたエリアーナが勇者などという男にいいように弄ばれなくてよかった、という気持ちもあるが。

ともかく、そんな自分が今更闇堕ちして魔王を復活させ、体を乗っ取られることなどない……と思いたい。

などと考えつつ、デュナルは最後の治療を終え、大聖堂から続く回廊へと入る。

すると、ちょうど交代のためにやって来た人物が、デュナルに向かって胸の前に手を組んで、頭を下げた。デュナルも同じように返す。

「聖女エリアーナ、午後のお勤めご苦労様です」

「聖者デュナル様、午前のお勤め、ご苦労様でした」

互いにそう口にして、微笑みを交わす。

実のところデュナルのほうは、顔が緩みすぎないように気をつけていた。今日もエリアーナは最高に可愛い、と内心にっこにこだが、それをどうにか微笑みという枠に収めているのだ。

この瞬間のために生きている、と言っても過言ではないのだから、仕方がないというものだろう。

「ああ、そうだ。明日から王都に行って参ります。迷惑をかけるけれど、よろしく頼みますね」

今日は一つ話すことがあった、と思い出して声をかけると、エリアーナの表情が一瞬曇った気がした。けれどすぐに笑顔で頷いてくれる。気のせいだろうか？　とも思ったのだが……。

「大変なようでしたら、せめて助手の数を増やすように掛け合いましょうか？」

念のためにそう言うと、エリアーナは目を瞠り、慌てたように頭を振る。

「えっ、いいえ、そんな、大丈夫です。お気になさらず、行ってらっしゃいませ」

その様子がまた可愛くて、デュナルは必死で顔を引き締めた。

「そうですか？　それならばいいのですが……もし何かあるなら、気軽に相談してくださいね」

「……はい。ありがとうございます」

「引き留めてしまってすみませんでした。では、これで」

小さく頭を下げたエリアーナに、デュナルはしつこいと思われる前にと会話を切り上げると、後ろ髪を引かれる気持ちを振り切るように歩き出した。

脳内では、エリアーナの『行ってらっしゃいませ』の声を何度も反芻している。

「やっぱりいい子だな～……俺の推し最高……」

幸福なため息と共に思わずそう零してからふと、そう言えばアルフレッドに、聖都を留守にすると伝え忘れたなと思う。

以前、何かあればデュナルが治してくれると思うと安心して戦える、と言われてからは、休みや聖都を離れるときなど、機会があれば伝えるようにしていたのだけれど……。

「まぁ、大丈夫か」

タイミングが合わずに伝えられなかったことは今までも何度かあった。自分がいなくとも、エリアーナがいるのだから治療は問題ないだろうし。

そう思い直して、デュナルは明日の準備をしようと私室へと足を向けた。

◇

「ご気分はいかがですか？」

「……ああ……嘘みたいに痛みが消えたわ」

驚いたようにそう言った女性に、デュナルは内心盛大に安堵のため息を吐いた。実際には微笑んで小さく頷いただけだけれど。

寝台に横になっていたのは、この国で最も高貴な女性である、王妃だった。赤髪の美しい女性で、その手を握っている茶金の髪をした四十絡みの男がこの国の王である。

デュナルは定期的に、王都内の患者を治療するために呼ばれているのだが、今回は最初に王妃の部屋を訪ねることになって内心びくびくしていたのだ。

普段は王城内の聖堂に患者が来る形式なのだが、王家の人間が相手の場合のみ私室を訪れることになる。今までも何度かあったことではあるのだが、そのたびに粗相しないかハラハラしている。

「やはり、そなたが城にいてくれれば助かるのだがなぁ」

安堵した表情の国王にそのように言われて、デュナルは苦笑する。

「申し訳ございません。教会に属する身ですので」

政教分離万歳、と思う瞬間である。

来るたびに慰留に掛かられるので、対応は慣れたものだ。尤も最初に王城に赴くことになったときに、神官長からアドバイスはもらっていたのでそのまま返しているだけだが。

できることなら野に下って流しの聖者とかになれないものかと思うくらいなのに、教会より更に息苦しそうな王宮勤めになるなんて絶対にごめんである。

何より、聖女にも会えなくなってしまうのは大問題だった。

三百年ほど前までは、この国の王と教会の長は一人が担っていたそうだが、今はすっかり血も遠くなっている。とは言えいがみ合っているわけではなく、同盟を結んでいるような関係というのが近い。

国王としても、デュナルのいつも通りの返事にそれ以上は言わず、苦笑するだけだ。

「ともかくよくやってくれた。このあとはいつも通り聖堂のほうに――」

だが……。

「陛下……っ」

国王の言葉を遮るように、侍従らしき男が声をかけてきたことに驚く。寝室と続き間になっている居間のほうに誰かが来た気配はあったのだけれど、まさか話しかけてくるとは思っていなかった。

通常ならば、国王の言葉を遮るなどあり得ないことだ。国王も一瞬眉を顰めたが、声をかけたものの顔色を見て異変を感じたようだ。

それは、その場にいたデュナルや王妃も同じである。

男が国王に何事かを耳打ちする。ごく近くにいたデュナルの耳にもその声は届いた。デュナルは大きく目を見開く。

国王の目が、デュナルを見、それから王妃を見た。

「……使者は謁見の間だな？　詳しい話はそちらで聞く」

国王はそう言うと立ち上がり、顔色を無くした王妃の頬に軽く口づける。

「そなたは休んでおれ。……休めるのは今だけかもしれんからな」

「陛下……っ」

王妃は息を呑み、それから小さく頷いた。

「聖者デュナル、共に来てくれ」

「は、はい」

デュナルは頷いて、国王に続いた。だが、頭の中は混乱の最中にあり、自分がどこを歩いているのかさえ不明瞭である。

先ほど聞いた言葉が、未だに信じられなかった。

曰く――魔王が復活した、と。

嘘だろうと叫んで膝から崩れ落ち、絨毯の上を転がり回らずにいたことは奇跡に近い。

正直、なんで？　としか思えない。一体どうしてそんなことになったのだろう？　自分はここにいるというのに……。

気付かぬうちに魔王に乗っ取られている、ということはさすがにないだろう。そもそも魔王は大教会の地下に封印されているのである。自分が大教会にいるときならばともかく、王都にいるときに復活するなんて、どう考えてもおかしい。

だとするとまさか、別の誰かが……？

考えている間に、どうやら目的地に着いたらしい。

国王が玉座にかけ、デュナルは迷いつつもその斜め後ろ辺りに立った。

「それで、状況はどうなっておる？」

国王がそう言って見つめた先には、騎士装束の男が一人膝を突いている。それは、国王の騎士ではなく、聖騎士と呼ばれる、教会や神官を警護する騎士団の服だ。当然、教会で暮らしているデュナルにとってはよく見慣れたものであり、よく見ればその顔も見覚えのあるものであった。

だが、その顔は疲労と焦燥により酷くゆがみ、本来白いはずの鎧は黒く汚れている。それが煤によるものだというのは、幾分焦げているマントからも分かった。

そうだ、魔王が復活したということは、大教会は……。

デュナルの脳裏に、ゲーム内で炎上していた大教会が過り、ぞっと背筋が冷えるような心地がした。

国王がデュナルを伴ったのも、現場が大教会だったからに違いない。そうでなければ、デュナルは聖堂へと向かわされていただろう。

本当に頭が回っていなかったのだと気づきながら、騎士の声に耳を傾ける。

だが、聞くほどにデュナルの顔色は白くなっていく。

最初は、聖堂に雷が落ちたのだという。二日前の夕暮れどきのことだ。まさに青天の霹靂と呼べるそれのあと、聖堂を中心に恐るべきスピードで炎が広がり、多くの聖都の民や教会関係者が犠牲になったらしい。

「焼けたのは大教会を中心とした、聖都の半分ほどです」

「聖都の半分……」

国王はその報告に眉を顰めたが、デュナルは思わず目を瞠った。

ゲームでは、聖都は全てが焼け落ち瓦礫と化したというような話ではなかっただろうか？

いや、もう随分と昔の記憶だ。覚え間違えていただけかもしれない。だが、なんにせよ被害が記憶より小さかったことは喜ばしいことだ。

「それほどの大規模な火災となれば、自然に広がっただけではあるまい」

「はい。聖堂から湧き出た魔物の中に、炎を吐くものが複数体いたようです。魔物は殲滅されましたが、被害は大きく――」

全壊した建物などの説明や、現在の避難状況などについて述べる。

そして、この男が聖都を発った時点で意識のあった者の中に、魔王の姿を見た者はいなかったという。

だが、聖堂地下にあった魔王の封印は確実に解かれ、その場は空になっていたらしい。

やはり、魔王は復活したのだ。

ゲームの通りなら聖都には聖女だけでなく、主人公であり勇者となる青年がいたはずだが、二人はどうしているのだろう？

ゲームでは、その後の場面などは詳しく描かれておらず、場面転換ののちに勇者として魔王を討つ旅に出るようにと、王命が下るシーンになってしまっていた。

「更に詳しいことについては、このあとにまた知らせが届くはずです」

「分かった。そなたは体を休めるが良い」

国王の言葉に、聖騎士の男はもう一度深く頭を下げると、退室していく。

「陛下、こちらにしばし滞在を許されておりましたが、申し訳ありません。私は聖都へと戻らせていただきます」

デュナルは国王が口を開くより先に、不敬を承知でそう口にした。

聖都に残っているはずの聖女が、心配でならない。彼女は自分の怪我などすぐに治せるだろうが、それでも推しの安全が気に掛かるのは当然のことだった。

しかし……。

「聖者デュナルよ、そなたも思うところはあろうが、しばらくは聖堂で待機してくれ。次の報せが届き次第、そなたにも伝えると約束する」

国王の言葉は、デュナルの望みと真っ向からぶつかるものだった。

「陛下……」

この場を辞して聖都に向かうことは許されない、ということだ。もちろん、デュナルは教会の所属なのだから、絶対に逆らえない命令というわけではない。だが……。

「もちろん、すぐに聖都復興のために騎士団を向かわせる。しかし、この状況で万が一そなたにまで何かがあっては今後に差し障る。せめて、神官長の無事を確認するまでは待て」

その言葉に、デュナルは自分の中の衝動と闘う。今すぐにでもここを飛び出して、聖都へ、聖女の下に飛んでいきたいという衝動だ。

だが……。

「――――仰せの通りにいたします」

衝動をなんとか堪え、デュナルは頷いた。

国王がほっとしたように、わずかに愁眉を開く。

もちろん、聖女のことや、聖都に多く出ただろう怪我人のことは心配だが、ことが起こったのは二日も前なのだ。その上、ここからは聖都まで馬車で三日は掛かる。あの報せを持ってきた聖騎士は、馬を何度も乗り換えて最速でここまで来たのだろう。

自分が行っても無駄にはならないだろうが、手遅れであることのほうが多いだろう。

そして、聖女は勇者と共に、城へと招かれるはずだ。だとすれば行き違いになる可能性もある。

そして、勇者の旅を支援するのは王国側。今後のことを思えば、ここで国王を立てることは悪いことではないはずだ。

――だが、次の報せが届いたとき、その自分の判断が間違いであったことをデュナルは思い知らされることとなった。


それは、第一報が届いた翌日の朝のことだ。

「神官長の無事が確認されました。発見当時は意識不明でしたが、今は回復されています」

「そうか、それは朗報だな」

昨日と同じ謁見の間で、跪き報告をしているのは、昨日とは別の聖騎士だった。

デュナルとしても、その報告にはほっとする。神官長はいわゆる教会のトップであり、デュナルとしても大変世話になっている相手だ。それに、神官長が亡くなったとなれば、いよいよデュナルも役職を与えられてしまう。おそらく次の副神官長のポストは、デュナルが就くことになるだろうというのが大方の見解である。役職などには就きたくないデュナルは、聖者という称号だけでも身に過ぎたものだという、謙虚さを前面に押し出した姿勢で断り続けているのだ。神官長が生きていたことはいろいろな意味で喜ばしい。

だが、喜んでいられたのはそこまでだった。

「しかし、当時、雷の落ちた聖堂にいたはずの聖女エリアーナが行方不明となっています。それらしい遺体も、発見されませんでした」

その言葉に、デュナルはひゅっと息を呑んだ。

エリアーナが行方不明。遺体もない。

それはただ聞けば、魔王がエリアーナを連れ去ったとも、はたまた復活した魔王が贄として食らったのかとも、遺体の損壊が激しすぎたのかとも思えるだろう。

しかし、デュナルには分かった。

よりによって、魔王が乗っ取ったのはエリアーナの体だったのだ、と。

雷の落ちた聖堂から消えるのは、魔王に体を乗っ取られた者なのだとデュナルだけは知っていた。

「嘘だろう……」

ぽつりと零れた言葉が存外に響いて、昨日とは別の聖騎士は痛ましいものを見るような目でデュナルを見て深く頭を下げる。

デュナルがエリアーナを、節度と距離を保ちながらも可愛がっていることは、教会内では暗黙の了解となっていた。それ故、犠牲になったかもしれないエリアーナのことを嘆いたのだと取られたのだろう。

エリアーナについての嘆きであったことは間違いない。だが、それは犠牲になったことではなく、主に彼女が魔王に乗っ取られたという状況に対するものだ。

ゲームのデュナルは、おのれの境遇を嘆き、自分を監禁している者たちを恨み、世界を憎んでいた。その心の闇が、魔王と共鳴したから乗っ取られたのだろうと、デュナルは解釈していたのだ。

だが、エリアーナには魔王に共鳴するほどの闇などないように思う。あんなにやさしくて、笑顔が可愛らしくて、後光が差しているのではと思うほど清廉で、光そのものといった様子の少女がなぜ……？

共鳴したから乗っ取られた、という解釈自体が間違っていたのだろうか？

正直、デュナルのことは詳しく描かれていたわけではない。デュナルも自分自身のことでなければ、境遇を思い出すことすらなかっただろう。

単に魔王の封印が緩んでいて、最も神力――魔力の多いものが選ばれたというだけだったのか……？

もしそうならば、あの場にデュナルがいなかった以上、エリアーナが選ばれたのも理解できる。同時に、被害の規模がゲームより小さかったことも、デュナルとエリアーナの魔力差を思えば分からない話ではない。

デュナルからすれば、聖人としてこの世で最も優れた存在はエリアーナを措いて他にいないわけだが、魔力の量で言えばデュナルは傑出している。魔王の器としてはデュナルほど適したものはいなかっただろう。

自分がいなかったせいでエリアーナが、と思うとのたうち回りたくなる。

今頃どうしているだろう。魔王城で玉座に座っているのだろうか？　闇堕ちしたエリアーナというのは、正直解釈違いだが、それでも無事ならばいい。いや、そもそも魔王となっていても無事と言えるのだろうか？

そんなことを考えているうちに、報告は随分と進んでいたらしい。

「そうか、聖剣が勇者を選んだか」

突然耳に飛び込んできた言葉に、デュナルはハッと顔を上げた。

「はい。今は城下に」

どうやら、この騎士たちと共に勇者は王都へとやって来たらしい。平民の出であるため、まずは登城の許可を求めているようだ。

下に控えていた宰相に向けて国王が頷くと、宰相は別のものに何か指示を出した。その者が静かに謁見の間を出て行く。

国王が聖騎士にもゆっくり休むように伝えると、その場は一旦解散となった。

デュナルも聖堂へと足を向ける。こんな事態ではあったが、もともとデュナルが王城にいる間に治療を受けたいという人物は山のようにいて、その誰もが登城を許されるような貴族家の人間であるため、精神状態が不安定だからと無視するわけにはいかない。

そもそも人数が多いのも、症状が重篤なものであればできる限り受け付けると言ったせいなのだ。

数を絞るとなれば、それならば誰を選ぶのかということが問題になる。教会側で選ぶのは、人道的配慮やコスト面から難しく、かといって国に任せれば、そこには政治が絡むだろう。デュナルの治療が王家による褒美になるような事態は教会としては歓迎できないし、デュナル自身も避けたかった。

昨日は感情のままに聖都に戻ると口にしたものの、ここにいる以上は責任を果たしたい。

そうして、デュナルが次々に患者を治療しているうちに、いつの間にか随分時間が経ったらしい。

聖堂の中は夕日が差して、オレンジ色に染まっている。今日最後の患者を見送ってから、国王付の侍従の持ってきた伝言にデュナルは零れそうになったため息を呑み込む。

「晩餐、ですか」

「はい。支度のほうもお手伝いさせていただきます」

「そういったことは、お断りしているのですが」

正直に言えば面倒くさいし、気疲れするだけだ。特に今日は精神的にも疲労している。

だが……。

「この度の事件について、お話があるとのことです」

そう言われては断れなかった。

「……分かりました。謹んでお受けいたします」

怪我や病気の治療をしていた格好のまま、国王との晩餐になど行けるはずもないため、急いで入浴し、支度を調える。だが、手伝いのほうは断った。

もともと、神官の着る服などそう着るのが難しいものではない。聖者と称されるデュナルのものは一般の神官よりも少しだけ生地が上等で、織りがきれいな模様を描いているが、造り自体に違いはなかった。

先ほどの侍従に案内されて、食堂の一つへ通される。

そこは比較的小さな食堂で、椅子の数も九つと少なめだ。この分だと、王家の晩餐に交ぜられたというだけで、他の客はいないのかもしれない。

国王の一家で現在王城に暮らしているのは、国王と王妃、王女が二人と王子が一人であるが、第二王女は十四、王子はまだ十になったところだ。この国では男女とも十五で成人とされる。

子どもが晩餐に来ることはないため、来たとしても国王と王妃、第一王女の三人だろう。

第一王女のことは、よく知っている。なぜなら彼女もゲームのヒロインの一人だからだ。勇者パーティの役どころとしては、魔法使いということになる。バフも魔法の威力を上げるというものだった。

推しではなかったため、個別ルートまではやっていないが、性格がツンデレであることや性的に被虐趣味傾向があることなどは知っている。式典などでも顔を合わせたことは何度かあり、ほぼ挨拶の範囲ではあるが話をしたことも一応はあった。

最初に会ったときはすでに聖女との邂逅を果たしたあとだったため、穏やかな気持ちで接することができたのは幸いである。

そのようなことを考えているうちに、件の王女と国王、王妃がやって来て、勧められるままに席に着いた。デュナルの席は王女の隣だ。

王女はデュナルに向かって微笑みを浮かべて見せたが、どこか表情が硬い。おそらくもう、今後について話を聞かされているのだろうなと思う。

勇者と共に魔王討伐の旅に出ること、そして、勇者に請われればその身を捧げなければならないことを……。

「まずは食事を楽しんでくれ」

国王の言葉にデュナルは礼を言って頷き、食前の祈りを奉ずる。

並べられた料理はさすが王宮なだけあってどれも大変美味だったが、客が聖職者であるデュナルだけであるせいか、豪華すぎるというようなものではなかった。

もちろん、状況的にも祝いの席のような食事は相応しくなかっただろう。

デュナルはもちろんなんの文句もなく、時折話題を振ってくれる王妃にできる限り穏やかな表情で返事をしながら食事を終えた。

王族との晩餐というのは、普通に考えればたいそうな褒美の一つではあるのだが、デュナルにとっては取引先との飲み会に過ぎない。

そのまま二次会のようにサロンへと誘われて、どうやら話はそこでするのだろうと諦めてついて行く。正直、食事は個別で摂って、サロンにだけ誘ってくれればよかったのにと思ってしまうが仕方ない。

「この度はそなたに頼みがあってな」

グラスに注がれた金色の酒を見つめていたデュナルは、その言葉に思わず半眼になったが、すぐにごまかすように薄く微笑む。

国王の口にする頼みは、ほぼ命令と同じである。もしもそれが教会の意に背くことならばギリギリ断れることもあるが、そうでなければ受ける他ない。

「……一体なんでしょう、私が承れることならば良いのですが」

「うむ……実はな、そなたに勇者と共に魔王討伐の旅に出て欲しいのだ」

思いも寄らなかった言葉に、デュナルはもう少しでぽかんと口を開けてしまいそうになった。

「魔王討伐の、旅、ですか？　私が？」

ものすごく不可解だと思ってしまうのは当然だろう。

確かに自分は国で、いや下手すれば世界で最も優れたヒーラーだろうけれど、バフはどうするのかと思う。

デュナルが自分の治癒能力の高さを自覚しながらも、勇者パーティに選出されることを考えてもみなかったのは、ひとえにその性別のためである。

「そなたほどの力があれば、勇者の旅に大きく貢献できるだろう。――本来ならば聖女エリアーナが適任であったのだろうが……」

口惜しそうに口を噤む国王を見て、デュナルの心が沈む。

聖女エリアーナ。前世から続く、自分の大切な推し。いなくなったとされる彼女こそが魔王だと、この王は知っているのだろうか。

だが、その問いは胸にしまい、デュナルは違う言葉を口にした。

「私は教会に属する身ですので、すぐにはお返事できかねます」

デュナルの言葉に、国王は分かっているというように頷く。

「もちろん、神官長の許可は得ている」

神官長の無事を聞き、すぐに魔鳥によって書簡を交わしたのだという。魔鳥というのはその名の通り鳥の形をした魔物全般を指すのだが、この場合はいわゆる伝書鳩のようなものである。聖都の結界は本来ならばいかなる魔物の侵入も防ぐため、魔鳥の使用は不可能かつ禁止されているはずなのだが、結界の再構成が間に合っていないのだろう。

いや、神官長の無事が確認できる前ならば魔鳥が通るだろうと判断して、昨日のうちにすぐさま魔鳥使用の許可を取り付けたのか……。

そもそも聖都に魔物を拒む結界が張られていたのは、魔王復活を目論む魔族の接触を阻むのが大きな目的だったのだし、この状況ならば許可されてもおかしくはない。

ちなみに魔物を拒む結界は、人の暮らす場所であれば大抵あるものだが、それはいわば守る場所にザルをかぶせるようなものだ。ザルの目の細かいものほど維持費が掛かることと、魔鳥などの使用を考えて、大抵は小型の魔物は通してしまう程度の網の目であり、それは王都も同じだった。聖都だけが変わっているのだ。

ともかく、問題は神官長から許可が出ている、ということだ。つまりそれは……。

「かしこまりました。微力ですが、お引き受けいたします」

デュナルの立場では、そう答えるしかないということである。

国王が安堵したように、わずかに口元を緩める。

正直、勇者のハーレムにくっついて旅するとか辛すぎる上、男であることで勇者に邪険にされるかも、という不安もある。デュナルの脳内で、必要ないと追放されてざまぁする系の創作物のタイトルが乱舞した。いや、別にざまぁする予定はないが。

とは言え……。

国王や神官長が魔王の正体を知っているのかは分からないが、勇者パーティの中でそれが聖女エリアーナであることを知っているのは自分だけである。

魔王を斃すことで聖女が救えるのかは分からない。ゲームでは魔王が体から離れたあとのデュナルがどうなったのかに関する詳しい情報はなかった。ただ、体から離れ、靄のようになった魔王を勇者が聖剣で切り裂いたこと、倒れ伏した男が画面にいたような記憶もあることからすると、デュナルの体もろともとどめを刺されたわけではない。

正直、ゲームのデュナルは死んだと思う。けれど、今の自分の治癒術は、エリアーナを上回っている。もしも、魔王が分離したあとのエリアーナにほんの少しの時間であれ息があるなら、きっと助けられる。

そう思えば、どれだけ旅が辛かろうが、勇者に邪険にされようが耐えられそうな気がした。

そもそも、自分が魔王になることを回避したせいで、エリアーナにお鉢が回ったのかと思えば余計になんとかしなくてはとも思うし……。

まぁ何を思おうともすでに引き受けたことであり、断ることなどできなかったのだけれど。

「今後についての詳しい話は、勇者や他の供の者を紹介してからになる。――ハイド」

「はい」

「あとは任せたぞ」

壁際に立っていた男の一人が、一歩進み出て深く頭を垂れる。デュナルも立ち上がって手を組み合わせ、少しだけ頭を下げた。これが聖職者の礼なので、咎められることはない。

「聖者様、陛下より命を受け、ここからは私が説明させていただきます」

「はい。よろしくお願いします」

ハイドはこの城の侍従長であり、デュナルもよく知っている男だ。と言っても常に国王の近くにいることが多いので、二人で話すようなことは少ない。年は国王より随分上だろう。

もう一度座るように勧められて、ソファへと腰を下ろす。

「このあとの予定について、まずお話しさせていただきます」

そう言って、ハイドは今日このあとに、勇者たちとの顔合わせがあること、明日の午後一番に勇者たちを送り出すための出立の儀が行われ、そのままパレードがあることを告げた。随分と急な流れだとは思ったけれど、魔王が復活したとなれば一刻の猶予もないということなのだろう。実際のところ、急ぎたい気持ちはデュナルも同じだ。

旅の支度などについては、城のほうで準備するため、個人的にどうしてもというものがなければ特に用意は必要ないということだった。

「それと、聖剣に認められた勇者の祝福について、説明させていただきます」

「あ、ええ、お願いいたします」

これはおそらくあれだろうな、と思ってデュナルは引きつりそうになる頰を無理矢理微笑みに変えて頷く。

「聖剣に選ばれし勇者には、様々な祝福が与えられるということです。ですが、その祝福の中で最も特異であり、効果の高いものが『他者による能力の底上げが受けられる』というもので――」

その条件となるのが、体を重ねること。まぁ知っていたことなので、デュナルは特に感慨もなく、なるほどというような顔で頷く。

「聖者様にご理解いただけたようで、安心いたしました」

そう言われて苦笑した。確かに、デュナルは基本的には清廉に見えるよう日々心がけて猫を被っているため、潔癖そうなイメージがあるのだろう。エリアーナに気持ち悪いと思われないために、全力を尽くしていたのである。

「ですが、それですと本当に私が供の一人でよかったのか、とは思いますね」

ついつい愚痴に近い気持ちでそう零すと、ハイドはわずかに眉を下げる。だが、どうやらハイドは、デュナルが選定された理由を聞いていたらしい。

「聖女であるエリアーナ様が、第一の候補ではあったようです。ですが……それは難しいこととなりましたので」

先ほど国王も言っていたことではある。行方も分からず、遺体も見つかっていないとなれば候補から外すしかない。

「次に治癒力の高い女性となると、カビラ様ですがデュナル様やエリアーナ様とは……失礼ですが実力に差がありすぎましょう。旅での治癒や、能力の底上げの面でもどれほどのものが望めるかは……」

カビラは王都の教会で働く少女で、デュナルも会ったことがある。だが、確かに、彼女の力では、勇者が深手を負った際に力になれるかは難しいところだろう。

カビラが劣っているのではない。デュナルとエリアーナが異質なのだ。聖者と聖女という、聖人の称号がつくのはそれだけの力があるためだ。

そして、勇者に与えるバフは、その者が持つ力に依存する。治癒力が平均的であれば、能力の底上げもそれなりのものしか望めない。それならばいっそ、治癒力で貢献できるデュナルを、ということになったのか。

「この決定は、勇者様によるものですので、その点はご安心ください」

「あぁ、そうなのですね。それならば、ますます力を尽くさねばなりませんね」

その言葉には正直ほっとした。少女ではあるが治癒力の低いカビラと、男ではあるが治癒力の高いデュナルを候補に挙げて、選択させたのだろう。

それならば少なくとも、勇者に追い出されたり、邪険にされたりする確率は減ったと思ってよさそうだ。

とにかくこうなった以上はエリアーナのために頑張ろう、と内心決意を固める。

「そろそろお時間ですので、勇者様たちの待つ部屋へご案内いたします」

そう言われて、デュナルは立ち上がり、ハイドに続いて部屋を出た。

サロンのある辺りはさすがに静かなものだったが、歩くにつれ人の気配を感じるようになる。この時間であっても、城内の人々は忙しなく立ち働いているようだ。おそらく、急遽執り行われることになった、出立の儀とパレードのせいもあるだろう。

そうして連れて行かれたのは、客室の並ぶ棟にある一室のようだった。デュナルは定期的に王城に呼ばれているとはいえ、ほとんどを聖堂とそれに付属した客室で過ごすため、城の構造には詳しくないのである。

「デュナル……！」

ハイドが開いてくれた扉を潜ると、聞き覚えのある声に名前を呼ばれて、デュナルはぱちりと瞬く。

「……アルフレッド？」

そこに立っていたのは、先日も教会で治療した冒険者のアルフレッドだった。アルフレッドはどこかほっとしたように、デュナルへと駆け寄って来る。

「どうしてあなたがここに……」

思わずそう口にしてから、すぐに気がつく。自分は勇者パーティの顔合わせでここに呼ばれたのだ。ここにいるということは、つまり……。

「ひょっとして、あなたが勇者なのですか？」

「どうやらそうらしいんだ。正直、自分でも信じられないんだけど……」

アルフレッドはどこか困ったように苦笑する。

大教会で事故が起きたことに気付いて駆けつけたアルフレッドは、その場で聖剣に勇者として認められたのだという。

「とりあえず、デュナルが無事でよかったよ」

「え、ええ、私はこちらにいましたので……」

アルフレッドが勇者だったことに内心まだ驚きつつも、どうにかそう口にした。同時に、そう言えば、アルフレッドには王都に行くことを告げずに発ったのだったなと思い出す。

「あなたのほうがご無事で何よりです。教会に駆けつけてくれたことにも、感謝しています」

「デュナルがいると思ってたから、すごく焦った」

「おや……ありがとうございます」

どうやら知り合いがいると思って、急いで駆けつけてくれたということのようだ。

親しくしているつもりではあったけれど、思った以上に懐いてくれているんだなと嬉しくなる。

これならば、旅の間に肩身の狭い思いをすることはなさそうだ。

「勇者様と聖者様はお知り合いでしたのね？」

不意にそう声をかけてきたのは、第一王女であるマイネリーゼだった。

「ああ、殿下……失礼いたしました。ええ、そうなのです。勇者がアルフレッドであったことは、たった今知りましたが……ところで、殿下は……」

もちろんパーティの一員であることは知っていたが、デュナルが知っているのはおかしいため、敢えてそう尋ねておく。案の定、マイネリーゼは美しい微笑みを浮かべて頷く。

「わたくしも、勇者様と共に討伐に向かうこととなっています」

「そうでしたか。申し訳ありません、勝手にこちらで話し込んでしまい……」

「お気になさらず。ですが、もう一人、紹介したい者がいるのです。よろしいかしら？」

「ええ、もちろんです」

デュナルが頷くと、マイネリーゼはうしろにいた者を視線だけで呼び寄せた。

「わたくしの騎士、ステラです。もちろん、今回はわたくしの護衛ではなく、パーティの戦力として同行することになります」

「ステラ・リヴィニアと申します。使命を果たすため、身命を賭して尽くす所存です」

そう言ってぴしりと敬礼したのは、やや灰がかった茶色の髪の女性だった。マイネリーゼより十センチほど背が高い。彼女とは話したことはなかったものの、マイネリーゼに付き従う姿を何度か見かけたことがあった。

　ゲームでの設定的には、マイネリーゼに強く傾倒しており、ステラとマイネリーゼの二人を相手にする場合は、いわゆる百合に挟まる男という状況を味わうこととなる。バフは防御力を上げるというものだ。これはかなり有用なバフで、エリアーナとステラを攻略していれば耐久パーティとして一応は安定する。

　そこまで考えて、デュナルはここにいる二人とアルフレッドの性行為を思い浮かべそうになり、慌ててその妄想を振り払った。

　正直、まだ十代前半だった頃から知っていた相手が、あの――――いわゆるヤリチン主人公なのかと思うと非常に複雑な気持ちだ。

　マイネリーゼにしろステラにしろ、同じパーティの仲間が毎晩くんずほぐれつすることになるのかと思うとますます複雑な気持ちになる。

　強力な耳栓のようなものが必要ではと思ってから、音を遮蔽する魔法を使えばいいかと思い直す。

　だが、とりあえずはそんなことを考えているなど微塵も感じさせないように、デュナルはふわりと微笑んだ。

「神官のデュナルです。私も微力ですが、できるだけのことはさせていただこうと思っています。殿下も、リヴィニア様も、よろしくお願いいたします」

そう言って手を組んで頭を下げる。それから、アルフレッドのほうへと視線を向けた。

「もちろん、アルフレッドもよろしく頼みますよ」

「俺も、デュナルが一緒なら心強いよ。だけど――本当によかったのか？」

少し心配そうに眉を顰めたアルフレッドにデュナルは苦笑しそうになって、慌てていつもの笑みを貼り付けて頷く。

いいも悪いも王命であったのだし、エリアーナのためでもあるのだ。

「聖女エリアーナの代わりには、とてもならないでしょうけれどね」

デュナルがそう口にすると、アルフレッドは驚いたように目を瞠り、頭を振る。

「俺は、その……なんていうか……デュナルでよかったと思ってるよ」

随分と言いづらそうに言うのは、同行するのがデュナルになったのは、エリアーナの行方が分からないためだと知っているせいだろうか。

デュナルを持ち上げれば、エリアーナがいなくなったことを歓迎しているように聞こえなくもないから、気を遣ったのだろう。

「それならば、期待に応えなくてはいけませんね」

そう口にしたデュナルに、アルフレッドはほっとしたように息を吐いた。

「マイネリーゼが魔法の威力、ステラが防御力ってのはいいとして……エリアーナのバフがないのは心配だよなぁ……」

いつもの聖堂裏の客室とは違う、客室棟の一室で、デュナルはごろごろと寝台に寝転がっていた。

この辺りは一部屋一部屋に遮音の結界が張られているため、とても静かだ。客室には従者のための部屋もあるのだが、デュナルは従者を連れて歩かないため、そちらには現在誰もいない。従者のいない者は城から従僕かメイドが一人与えられて、控えの間にいるのが常だが、そちらも必要ないからと断っていた。

デュナルが最も得意とする魔法は治癒魔法だが、風呂桶に湯を満たしたり、暖炉に火を点けたり、結界を張ったり、濡れた髪の水分を払ったりする程度のことは簡単にできる。

治癒の前に傷口を清浄にするための魔法を転用して、床や窓、食器や衣類を一瞬できれいにすることもできるし、気が向かないときや忙しいときは風呂に入る代わりに体を清めることもできる。従者など全くもって必要ないのである。

本当に魔法というのは便利なものだと、心から思うし、自分がその素養に恵まれていたこともありがたいと感じていた。もちろん、そのせいで幼い頃は大変な苦労があったのだし、ゲームでは魔王になってしまったわけだが……。

デュナルの口から深いため息が零れる。

本来ならば、今ここにいたのはエリアーナだったはずだ。

いくら自分のほうが治癒力に優れていると言っても、バフの支援は大きい。特に、聖女のバフは非常に強力で、状態異常を防ぎ、更に最大ＨＰを上げる。その上魔王戦前夜に二人が気持ちを確かめ合い両思いとなれれば、徐々にＨＰが回復する効果までつくという非常に有用なものだった。

本当に、なくても大丈夫なのだろうか？　勇者がアルフレッドだったと知ったせいか少し心配になる。アルフレッドを信頼していないということではなく、知り合いであるがゆえに、最後まで無事であって欲しいと思うからだ。

ちなみに、バフが最も安定するのは、聖女プラス誰かの三人でのプレイだった。

正直、エリアーナが推しであったため、エリアーナを抜いたメンバーでの攻略について、デュナルは全く詳しくないというのが実際のところだ。

防御アップと、攻撃力アップでも安定しそうな気はするけれど、攻撃力アップを持つのはレーナという獣人で、そのことも不安要素の一つだった。

というのも、レーナはエリアーナの護衛兼メイドなのである。もちろん、聖者や聖女を含む神官には、聖騎士の守護がある。だが、エリアーナは子爵家の令嬢でもあり、家から一人メイドを連れてくることが許可されていた。

護衛も兼ねていることは、対外的には知られていないはずだが、ゲームではそういう設定だったし、獣人は身体能力に優れるため、間違いではないだろう。

ゲームでは街を出てすぐの場所で待ち伏せしており、エリアーナについて行くと言って譲らず、結局同行することになる、というキャラだったのだが、今回の旅にエリアーナはいない。となれば、レーナが同行する理由もない。

「レーナもいないとなると、いよいよ厳しそうだよな……」

エリアーナさえいれば、何も問題はなかったのだ。

だが、デュナルとて、自分が魔王復活を回避したことで、こんな結果になるとは思ってもみなかったのである。

魔王に乗り移られたエリアーナは、無事なのだろうか。

自分の大事な推しが、知らない男にその体を自由にされていると思うと、腹立たしさと悲しみでどうしていいか分からなくなる。

一刻も早く駆けつけて、解放してあげたかった。

正直、出立の儀だのパレードだのは無視してしまいたいくらいだったが、自分の一存で止められるはずもない。王が許可しないだろう。

だからと言って、自分だけが先に行っても何もできないことも分かっている。魔王の討伐は勇者と聖剣が最も重要なファクターであり、ヒロインという名のバフ役にもなれない自分は脇役も脇役、もはや書き割りのような存在なのである。

エリアーナを助けることは、自分だけではままならない。そう思うと、どうにも歯がゆかった。

そんなことを考えていると、リン、と澄んだ鈴の音が聞こえた。どうやら誰かが訪ねてきたらしい。

誰だろうと不思議に思いつつ、ドアを開けるとそこにいたのはアルフレッドだった。なぜだか訪ねてきた側だというのに、驚いたように軽く目を瞠っている。

「どうしました？」

「……デュナルと、その……」

珍しく歯切れの悪い態度に、デュナルは首を傾げつつ、とりあえず中へ入るように促した。

「ハーブティーでいいですか？」

「ああ、ありがとう」

ソファを勧め、ティーポットからハーブティーをカップに注ぐ。部屋に用意されたティーポットには状態保存の魔法がかけられていて、いつでも温かいハーブティーが飲めるのだ。

他にも冷たい水がいつでも飲める水差しなどもあって、さすが王城だなと毎回のことながら感心してしまう。

「少し顔色が悪いけど……何かあった？」

「え？　そうですか？」

アルフレッドの言葉に、思わず頬に手を当てた。あまり自覚はなかったが、少し落ち込んでいたせいだろうか。

「明日のパレードのことを思うと、少し考えてしまいましてね。一刻も早く魔王を斃しに行くべきなのではと思いますし、かといって私一人ではどうにもならないことですから」

隠すようなことでもあるまいと、正直にそう言ってデュナルは苦笑した。

「デュナル……デュナルはすごいな」

「え？」

驚いてぱちぱちと瞬くと、アルフレッドが微笑む。

「急に魔王討伐に行けと言われても、全く尻込みしていないんだなと思って。俺はともかく、デュナルは戦闘に出たことないだろ？　怖がっているかと思ったのに」

「――ひょっとして、それでわざわざ来てくれたのですか？」

「いや、そ、それだけじゃないけど……」

アルフレッドは珍しく恥じ入るように俯いたが、少なくともその気持ちもあったことは間違いないようだ。

デュナルは弟分のやさしさに少し頬を緩める。

「あなたはそう言ってくれますが、自分は戦えないのにこんなこと言うのは間違っている、とも思っていますよ」

デュナルの言葉に、アルフレッドはパッと顔を上げた。

「そんなことはない。俺は、デュナルが絶対に治してくれると分かっているから戦うのも怖くないんだ。いつもそうだった。今回だって、デュナルの分まで俺が戦うし、デュナルのことは俺が必ず守る。魔王だって斃すよ」

まっすぐな目でそう言い切られて、デュナルは思わずくすりと笑い声を零す。

やはり、アルフレッドは本当にいいやつだなぁ、と思う。その上、顔までいいのだ。これならヒロインが次々に籠絡されるのも納得せざるを得ない。

ゲームで自分が動かしていたときは、会話の選択肢を選んでいたのも自分だったし、顔グラもなかったから、実際の勇者がこんな男だなんて思ってもみなかった。

「エリアーナを助けられるように頑張りましょうね」

嬉しくなってそう言うと、アルフレッドは眉を顰めて首を傾げる。

「エリアーナ？ それって、聖女のこと？」

「ええ、そうですよ。遺体もなく、今も行方不明と聞いていますが……知りませんでしたか？」

「……そう言われてみれば、言ってたような……。それで、神官として同行できなくなったとかなんとか。それと、魔王を討伐することが関係あるの？」

「その、本当のところは分かりませんが、あの場からいなくなったというなら、魔王に攫われたのかもしれませんし、そうだとしたら、彼女を助けたいのです」

　さすがに彼女が魔王なのだとも言えず、エリアーナが魔王と共にいる可能性を曖昧に告げた。

「……デュナルは、昔からあの子を気にかけていたね」

「え？　あ、ああ、それはもちろん、同じ教会に所属していますし、立場も近しいですからね」

　どこかじっとりとした目で見られている気がして、デュナルは別にやましい気持ちなどないのだと弁解する。決してロリコンではない。

「それより、あなたは何か私に用があったのではないですか？」

　話題を変えようと、デュナルはそう訊いた。すると、アルフレッドも思い出したのか、ハッとしたように居住まいを正す。

　けれど、どうにも言いあぐねている様子だ。こういうときは何も言わずに待ったほうがいいだろうと、デュナルは敢えてティーカップに手を伸ばし、まだほんのりと温かいハーブティーを飲む。

　やがて、覚悟が決まったのか、アルフレッドは口を開いた。

「――勇者には、特殊な祝福があると聞かされたんだ。その、能力の底上げが可能だと」

「ああ……」

なるほど、その話か、と思う。

顔合わせの際には、まだ聞かされていなかったのだろうか。そのほうが、顔合わせで気まずい思いをせずに済むだろうという、気遣いだったのかもしれない。

だが、聞かされたばかりだというなら、戸惑うのも当然だろうと納得する。というか、戸惑ってくれてよかった。これでアルフレッドがそれを大喜びしていたら、少ししょんぼりした気持ちになっただろう。

「デュナルは知ってたの？」

「ええ、顔合わせの前には聞いていましたよ。リヴィニア様は分かりませんが、王女殿下は間違いなく知っていたでしょう」

まぁ、ステラはマイネリーゼの騎士なのだから、事情は分かっているとは思う。

「そうか……」

アルフレッドは何か思い悩むように沈黙した。

デュナルは正直、アルフレッドの私生活についてはあまりよく知らない。

見習い神官だった頃からの付き合いではあるため、子どもの頃はむしろある程度の交友があった。

だが、正式な神官となってからは、デュナルはほとんど教会から出ることはなかったし、はっきり言うと性的な経験の有無や、今現在お付き合いしている女性がいるかなどの情報は皆無だった。

もちろん、これだけ容姿に恵まれ、若くして冒険者ランクAの有望株である以上、恋人などいくらでもできるだろうし、童貞ではないだろうなというくらいは想像がつくのだが。

それでも、アルフレッドが彼女たちを好きなように抱くことができる、と考えて喜ぶタイプの人間でなかったことは、とても嬉しかった。

とはいえ、現実は無情である。

いくらアルフレッドが望まなかったとしても、やはりバフを得ることは大事だ。本来ならばエリアーナがチュートリアルとして文字通り『身をもって』その大切さを訴えるのだが、エリアーナはいない。ならば、せめて言葉で説得するのが自分の役目なのかもしれないと、デュナルは口を開く。

「あなたは気が進まないのかもしれませんが、魔王を斃すためなのだから、彼女たちも納得しているはずです。もちろん不敬罪などに問われることもないはずですよ」

「……本当に？　デュナルもそう思うの？」

その言葉に、デュナルは自分にこの祝福について話したときのハイドを思い出した。やはり、聖者などという肩書きがあると聖職者のイメージが強いのだろう。性的なこと――しかも婚姻関係のない男女間のことを敬遠すると思われているのかもしれない。

「ええ、もちろん」

デュナルはアルフレッドを安心させるためにも、はっきりと頷いた。

ゲームでは、少なくともエリアーナ、マイネリーゼ、ステラの三人は最初から納得ずくで同行していたし、途中で仲間になるヒロインたちにも説明をしていたはずだ。

とはいえ、最初の三人以外は、好感度が上がってからでなければエロまで行くのは無理なのだが……。

「今回のことは祝福の一つです。であれば、儀式のようなもの。あなたが罪悪感を覚える必要は全くありません」

「そっか」

アルフレッドの心を軽くしようと、微笑みを浮かべて言ったデュナルに、アルフレッドはほっとしたようだ。

「そういうことなら……よかった」

「ええ。……もちろん、合意の上とは言え、初めてのことなのですから、その、やさしくしなければなりませんよ？」

「う、うん。ちゃんと、やさしくする」

アルフレッドは童貞が何を言うかとばかにする様子もなく、珍しくもほんのりと頬を染めて頷いた。案外と純真なところがあるらしい。

まぁ実際のところ、マイネリーゼは少し乱暴にされたり、言葉攻めをされたりしたほうが悦ぶのだが、今後出会う相手も考えればそちらは特殊な嗜好である。

「……デュナルが合意だと言ってくれて、本当によかった」

アルフレッドは、そう言うとソファから立ち上がる。

帰るのかと思い、デュナルも続いて立ち上がった。けれど、アルフレッドはなぜかドアには向かわず、デュナルに近付くとひょいとデュナルを抱き上げる。

「わっ、ちょっ……ど、どうしたんです？」

「最初はやっぱり、ベッドのほうが負担が少ないだろ？」

アルフレッドはそう謎の言葉を口にすると、奥にあったベッドへとデュナルを下ろした。

デュナルは意味が分からず、目を白黒させる。一体何が起こっているのだろう？

「デュナルはきっと初めてだって信じてた。……大切に抱くから、安心して」

「……は？」

思わずぽかんと開けた唇の端にキスされて、デュナルは大きく目を見開く。

呆然としたあとおそるおそるキスされた場所に触れると、アルフレッドが笑みを浮かべた。

「キスも初めてだった？　嬉しいよ」

「な……な、何を……？」

「デュナルのこんな顔、初めて見たな」

どこか弾むような声でそう言って、アルフレッドは再びキスをする。今度は唇の端ではなく、重なるように。

デュナルのほうは驚愕と混乱で、目を瞠ったまま動けなくなっていた。

自分の身に何が起きているのか、本当に理解できない。だが、一度離れた唇が、また重なったかと思うと、今度は触れるだけでなく舌まで入れられて、さすがに我に返った。

「んっ⁉　ちょ……ふ、ぁ……ん、んぅ……！」

頭を振って一瞬解放されたものの、その一瞬を深い呼吸をすることに使ってしまい、そのまままた唇を合わされて、舌を吸われた。

尾てい骨の辺りから、ぞくぞくするような快感が湧き上がってきて、デュナルは信じられない気持ちでアルフレッドの肩を必死で押し返す。だが、アルフレッドの体はびくともしない。

「――――デュナル？」

ようやく唇が離れた頃には、デュナルは酸欠でぐったりとしていた。

「ごめん、苦しかったんだね。息は鼻でするって教えてあげればよかった」

そうではない。いや、苦しいは苦しかったのだが……。

「ど、して……こん、な……」

荒い息を吐きながらも、どうにか疑問を口にする。

「デュナルがキスも初めてなんだと思ったら、歯止めが利かなかった。やさしくするって言ったのに、ごめんね」

アルフレッドは照れたように笑ってデュナルの頬を撫でると、今度は触れるだけのキスをする。

そうして、キスを繰り返しながらアルフレッドはデュナルの服を捲り上げた。すでに寝支度を終えていたため、身につけていたのは足首辺りまであるワンピースのような寝衣だけだったのである。

「デュナルの部屋着、可愛くてすごくびっくりした。少しもったいないけど脱がすよ」

「や、ま、待って……」

「恥ずかしい？　大丈夫。明かりを落とすよ」

アルフレッドがそう言った途端、魔法を使ったらしく部屋のランプのいくつかが消え、枕元のものだけが残る。

「あ……っ」

するりと脇腹を撫で上げられて、びくりと体が震えた。

そうしてようやく、まさか、と思う。

ゲームにおいて今夜がどういった夜だったのか、デュナルは思い出した。パレードの前夜。それは、聖女が初めてを勇者に捧げる夜なのである。エリアーナが身をもってバフの大切さを訴えるチュートリアル。それが今夜起こるはずだった。

恥じらいながらも、これは魔王を斃すためのお役目なのですから、と聖女が乗っかってきてくれて、勇者は聖女を抱き、初めてバフを得ることになる。

それは確かに聖女の役目であり、自分は聖女の代わりにパーティに参加することになった。

だが、男なのである。

しかも、自分から乗っかったわけではない。むしろ積極的なのはどう考えてもアルフレッドのほうだ。

自分がメインヒロインの位置だから、展開がおかしくなってしまったのだろうか？

だからと言ってこんな、なんの躊躇いもなく自分を押し倒してくるのはどうなのだろう？

全く知らなかったが、アルフレッドはゲイなのだろうか？　いや、さすがにエロゲの主人公がゲイでは事故では済まない。ということはバイなのか？　攻略キャラに男がいなかったから発覚しなかっただけなのだろうか？

それとも、ゲームのストーリー通りにある程度動かなければならないというような、強制力が働いているのか？

だとすれば、正直ものすごくかわいそうである。自分もだが、アルフレッドが。

「っ……ぷはっ」

などとぐるぐる考えている間に寝衣を頭から抜かれて、ぎょっとする。

「ちょっ、あ、アルっ！」

「デュナルがアルって呼んでくれるの、久し振りだね」

「んっ、キスするな！ 落ち着いてよく考えてみろ！ いくらバフのためだって言っても、お前も相手が男だなんていやだろ⁉」

「そんな口調も、久し振りだ」

「人の話を……あっ」

誰のために忠告してやっていると思っているのだと思う間にも、アルフレッドは自らもシャツを脱ぎ捨て、デュナルの体を手でゆっくりと撫でていく。

「あ……っ」

ちゅっ、と音を立てて首筋を吸い上げられ、その部分がじんと痺れる。

吸い上げた場所を舌で辿り、同時にもう一方の手で足の間を探られて、かっと顔が熱くなった。

自分のものがわずかに立ち上がり始めていたことに、気付いたせいだ。

「ひ……っ」

きゅっと胸の辺りを摘まれて、初めてそこに乳首があるのだと意識した。

「……なんで、そんな、とこ」

男の胸なんて、触って楽しいものでもないだろうにと思う。けれど、何度も指先で弄られ、摘まれて、少しずつ痛みの中に違うものが混ざり始める。

「あ……っ」

尖り始めた乳首を指で押し潰されて、高い声が零れた。

すぐに自分の口を押さえたけれど、当然アルフレッドには聞こえてしまっただろう。

「気持ちよさそうでよかった」

「ち、ちが……ぁっ」

頭を振った途端、アルフレッドの舌が尖りに触れて、思わず唇を噛んだ。

吸い上げられ、濡れた舌でこねられて、さっきまでとは違った感触にまた感じてしまう。

そうして上半身に気を取られているうちに、ぐいと足で膝を割られ、下着の中に入り込んできた手でそのまま固くなり始めていたものを扱かれた。デュナルはアルフレッドの肩をぎゅっと摑む。

「っ……」

指が性急に快感を煽る。他人の手で触れられているというだけでも、デュナルには刺激が強すぎるくらいだった。

「気持ちいい？」

耳元で囁く声に、ゆるゆると頭を振る。

「どうしてそんな嘘をつくの？　恥ずかしい？」

言葉と共にゆっくりと扱かれて、デュナルは上がりそうになる声を必死で堪えた。

「っ……ふ……んっ」

「恥ずかしがらないで。ほらこんなに、気持ちよくなってる」

「ちが……っ……」

アルフレッドの手で高められているという現実に心が折り合わず、デュナルは快感を否定するようにただ頭を振ることしかできない。

「それならもっと気持ちよくしてあげる」

そう言ってアルフレッドはデュナルの下着を剝ぎ取ると、足をぐっと押し広げ、ためらうことなく顔を近付けた。

「やだ……っ……やめろよっ」

デュナルの言葉を無視して、アルフレッドはゆっくりと口腔にデュナルのものを含んでしまう。

「あ……っ……あぁっ」

温かい場所で締めつけられるという未知の感覚に、ガクガクと体が震えた。

「や、き、きたない、からぁ……」

「――――デュナルの体に汚いとこなんてないけど……気になるなら、ほら」

一旦口を離したアルフレッドはそう言って、デュナルの体に洗浄の魔法をかける。それは、冒険に便利だろうからと昔自分がアルフレッドに教えてやった魔法だった。風呂に入らずとも体がきれいになるから、と。

まさかこんな場面で使われる日が来るなんて、と思う。

「これでいいよね？」

そう言うとアルフレッドは、再びそこをパクリと咥える。

「やっ……アル……っ……離せ…、はな……っ」

いやだ、離せと、何度も口にしながら、デュナルは結局アルフレッドの口の中に放ってしまった。

完全に力の抜けた腕が、シーツの上に落ちる。

「……っ……は……っ……離せって、言ったのに……っ」

自分が、アルフレッドにあんな場所を舐められて、挙げ句口の中でイッてしまったことがショックだった。

出してはだめだと思ったのに、抑えきれなかった。

アルフレッドは、ぐったりと力の抜けた焦るデュナルの体をうつ伏せにする。一体何をする気なのかと慌てて体を起こそうとした途端、尻の間をぐっと割り開かれて、羞恥に泣きたくなった。

「やっ……」

「ちゃんとやさしくする。デュナルが気持ちよくなるまで解してあげるから安心して」

「あっ……！」

安心出来るか、と怒鳴る前に濡れた感触がして、デュナルはびくりと体を震わせる。

「やっ…あ……っ」

ぬるりと狭間を這うそれが、ついさっき別の場所に触れていた、アルフレッドの舌だとすぐに分かった。

「だめ……っ、アルフレッド……やめ…っ」

必死で頭を振り、逃れようと膝に力を入れた。

けれど、そのせいで逆に足が開いて、そこを広く晒すことになってしまう。

くちゅ、と濡れた音がして、固いものが狭間を押し開く。アルフレッドの指だろうそれを追うように舌が触れた。

「やぁ…っんなとこ……、あっ、ああっ」

絶対だめだと思う。

なのに、アルフレッドの指と舌は執拗にそこを暴こうとした。そして……。

「ひぁぁ……っ！」

中に入り込んだ指が、内側の一点をぐっと押した途端、デュナルの口から自分でも信じられないようないやらしい声が零れた。

「あ、あん…っ、や……そこやぁ…」

だめなのに、いやだと思っているはずなのに、まるで快感のスイッチを押されたみたいにガクガクと体が震えて止まらない。

前立腺で感じるとか、すぐには無理って昔どこかで読んだのに……。まさか自分の体はエロゲ仕様なのだろうか。

「いやじゃないだろ？　ほら、さっきよりももっと気持ちよさそうだ」

「ちが…あっ、ああっ」

否定しようとしたけれど、口から零れるのは気持ちとは裏腹に濡れた声だけだった。

このままではまたすぐにイッてしまいそうだとすら思う。

「あっ……ああっ」

そして、それは指が増やされても変わらず……いや、むしろ中で指を広げられ、隙間から舌を差し込まれると、苦しいような圧迫感と同時に、目の前が焼けるような快感に襲われた。

「そろそろいいかな……」

「っ……」

ずるりと指が抜かれ、ホッとする間もなく背後から腰を抱えるようにされて、高く上げさせられてしまう。

「あ……」

たった今まで、指で散々慣らされていた場所に何かが押し当てられた。

そして、それがなんなのか疑問に思う間もなく、ぐっと太いものに割り開かれる。

「あ、あ……あぁ…っ」

奥まで入れられて、デュナルはぎゅっとシーツを握りしめた。

さっきまでとは段違いの苦しさに、息が詰まる。ぎゅっと体に力が入って、それを締め付けてしまう。

「あっ、やぁっ」

奥を突くように腰を動かされてびくびくと体が跳ねた。そのまま強引に中をかき混ぜられて、徐々に快感が広がり始める。

さっき指で触られて気持ちがいいと思った場所を、擦られるたびに腰が震えた。

「あぁっ…あ…あ…っ」

動きは次第に大きくなっていく。

抜き出されて、また奥まで突き入れられて……中を擦りあげられる感覚に、ひっきりなしに声が零れた。

「あっ、あ…っ、や…ぁっ、もう…っ」

「イキそう?」

その問いに、何も考えられないままデュナルはこくこくと頷く。

気持ちがよくて、否定するべきだと思う余裕もなかった。

途端、下腹部に指が触れる。

「あっ…んっんっ」

何度か扱かれて、待ちわびた快感に体が震えた。

「デュナル……っ」

そして中でアルフレッドのものが一際大きくなったと思った次の瞬間、デュナルもまた絶頂に達していた……。

「御者は私が」

最初、デュナルがそう言ったとき、自身が引き受ける気であったらしいステラは恐縮したように頭を振った。

◇

パレードが無事に終わり、パレード用の豪奢で屋根のない馬車から、旅に向いた物理的にも魔法的にも堅牢かつ機能的な馬車へと乗り換える際のことだ。

すでに、アルフレッドとマイネリーゼは馬車に乗っていて、馬の前に立って停車させているステラにデュナルが声をかけた形である。

正直、デュナルは昨晩のことを引き摺りまくっており、朝からパレード中のことまでのほとんどが記憶になかった。

目が覚めた瞬間から、デュナルの意識はポーンと飛んでしまいアルフレッドがいつ部屋を出て行ったかすら曖昧だ。起きたときはベッドにいたのだが、それが衝撃的すぎたため、そこから先が思い出せないのである。

そうして呆然としているうちに、気付けばパレードも終わっていた。おそらく、長年被っていた猫が自動的に稼働して頑張ってくれたのだろうと信じる他ない。

「そんな、聖者様は是非馬車の中でお休みになってください」

「いえいえ、私は戦闘に参加できないのですから、これくらいのことはさせてください。それに、殿下も、同乗するのが私と勇者の男二人では気を遣われるでしょう」

「それは……」

ステラの目に逡巡が浮かぶ。

マイネリーゼはそんなことを悟らせるような態度は取らないだろうけれど、まだほとんど知らない男二人と馬車内という遮蔽空間に入れられれば、気軽に眠ることもできず、気持ちも休まらないだろう。

デュナルとしてはアルフレッドと馬車の中で向かい合うのも気まずいし、今後のことを考えれば自分を抜いた、勇者とヒロインたちとで交友を深めてもらいたい、という意図もあった。

「こう見えても治癒の魔法には長けていますから、私はとても疲れにくいのです。ですから、お気になさらず」

こう見えても何も、治癒魔法の第一人者であるデュナルがおどけるように言うと、ステラは苦笑する。どうやら、ようやく納得してくれたようだ。

「では、よろしくお願いします」

「はい。お任せください。ああ、あと、私のことはどうぞデュナルと」

「分かりました。私のこともステラとお呼びください」

その言葉に頷いて、デュナルはステラが乗り込むのを待ち、御者台へと向かう。

繋がれているのは四頭の馬で、どれも普通の馬ではなく、ケルピーと呼ばれる妖精の馬だ。頭がよく人語を解し、普通の馬よりも体力があり、力も強く、走るのも速い。その上、水に属する妖精であるため、きれいな水さえあれば飼い葉もいらない。旅の供としてこれ以上はない馬だった。

デュナルが御者を引き受けたのも、ケルピーならば御者の腕が多少まずくても問題が起こらないと知っていたせいもある。そうでなければ、御者の経験があると言っても、引き受けることは躊躇われただろう。

ちなみにこの馬車の優れているのは、馬ばかりではない。

広さも外観からは四人乗り程度に見えるが、馬車の中は外から見るよりも広い。これももちろん魔法による効果だ。パーティはフルメンバーであれば八人まで増えるはずだが、全員が乗ってもまだゆとりがあるほどの広さがある。

ドアは側面でなく背面にあり、椅子は左右に向かい合わせになっている。深くとられた座面は驚くほど柔らかく、横になって仮眠を取ることを考えられているようだった。まぁ、馬車の中で行為に及ぶシーンもあったのでその辺りは察するものがある。また座面の一部が上げられるようになっていて、そこに収納が備え付けられていた。

ともかく、これでようやく一人になって落ち着ける、とデュナルはほっと息を吐いたのだが……。

「……アルフレッド……なぜあなたまで乗ってくるのです」

御者台に座ったデュナルの隣に、ぎゅっと身を寄せてアルフレッドが腰掛けた。真ん中に座っていたデュナルは密着していることの気まずさに負け、渋々ながら右に寄る。

「アル、って呼んでよ。昨夜は呼んでくれただろ？」

「っ……」

昨夜のことを持ち出されて、デュナルはカッと頬を染める。

「口調だって、昔みたいに話して欲しい。ここは教会じゃないんだし」

「私は神官として同行しているのです。場所は関係ありません」

アルフレッドのほうを見ないようにして、そう言い返す。

「御者は私が務めますから、あなたは馬車の中へ戻ってください」

「一人じゃ何か襲ってきたときに危険だよ」

「………」

アルフレッドが口にした理由が、あまりにも正当性のあるものだったため、デュナルはぐっと言葉に詰まった。

「ほら、出発しよう」

そう言われて、渋々ながらケルピーに手綱で合図を送る。ケルピーは、最初はゆっくり、徐々にスピードを上げて走り始めた。

　けれど……。

「体調は大丈夫？　辛いところとかない？」

　馬の走りが安定し始めた途端、アルフレッドに話しかけられて、思わず手綱を引きそうになった。

「な、何……」

「デュナルは初めてだったのに、俺、夢中になっちゃって――」

「いいいいいーから黙れ！　何も言うな！」

　思わずそう怒鳴りつけてから、しまった、と思う。

　案の定、怒鳴られたにもかかわらず、アルフレッドは嬉しそうに笑っている。デュナルの口調が崩れたことが嬉しかったのだろう。

　相手の思うつぼにはまってしまい、デュナルはぐぬぬと苦虫を噛み潰したような顔で唸った。

「それで、体は？　無理してない？」

「……してない」

　はぁとため息を吐いて、デュナルは渋々そう答えた。再び丁寧な言葉を使ってもよかったのだけれど、なんだかばからしく思えてしまう。

　体調が悪くないというのは、本当だ。起きたときはいろいろと痛む場所もあった気がするが、治癒魔法のおかげで、今はどこにも不調はなかった。

「よかった」

ほっとしたように表情を緩めるアルフレッドには、気まずいという思いはないようだ。

こっちだけが意識しているようで、なんとも複雑だった。アルフレッドは知人だった男を抱いたことに何の疑念もないのだろうか？

「アルのほうは……その、どうなんだ？　ちゃんとその……効果はあったのか？」

あんな思いをして、男だから特にバフはない、というようなことがあればさすがに立ち直れない気がする。

「どうって……気力も体力も充実してるよ。今なら何でも斃せそうなくらい」

「……そっか……まぁ、それが俺のバフ――能力なんだろうね……」

考えてみればHPという概念はこの世界にはない。まぁ言うなれば体力な訳で、それの上限がアップしたというのは体力の充実ということになるのだろうか。

つまり、相手が男であっても、バフは得られるということが判明したと言っていいのだろうか。

全く嬉しくないが。

正直、聖者として清く正しく生きてきてしまったデュナルは、童貞の前に処女を失ったことが衝撃的すぎて、もう何も考えたくないという気分だった。

しかも、自分でも驚くほど快感に溺れてしまい、今後尻に何か入れなければイケないような体になったらどうしてくれるのかとも思う。ばからしい考えだが、今まで感じたことのないような深い快感だったのである。

怖かったり、気持ち悪かったりするのとは別の意味で、深刻な問題ではないだろうか。

「エロゲの主人公のテクこえーな……」

「デュナル？」

「なんでもない」

そう答えつつも、アルフレッドが完全に自分をヒロインの一人のように扱っているけれど、これはいわゆるバグなのでは……などと考えていたときだった。

突然馬車の速度が落ちて、デュナルは目を瞠る。

見れば街道の先に、道を塞ぐようにしてこちらに向かって手を振る人物がいるようだ。ケルピーたちはデュナルよりもよほど早くその存在に気付いて、速度を落としたのだろう。

街道に立っていたのは、デュナルにとって見覚えのある人物だった。

「聖者デュナル様、お待ちしておりました」

そう言って深く頭を下げたのは、メイド服を着た獣人の少女だ。

「レーナさん……」

「デュナル、知り合い？」

「え、ええ、エリアーナのメイドをしているレーナさんです」

本当はメイド兼護衛なのだが、教会にはメイドとして届け出が出ており、護衛でもあることはゲームの知識のため、口にするのは控えた。

同時に、そうか、ここで来るのかと内心思いつつもそれを表情に出さないように気をつける。

「聖者様、どうか、私を魔王討伐の旅に加えていただけませんか……!?」

必死と言っていい表情でそう言った少女は、教会内で何度か見かけたままのメイド服ではあったけれど、その服はどこかくたびれており、真っ白なエプロンの一部に茶色い焦げ跡が見えた。

聖都が燃えた日に着ていた、そのままの服なのだろう。そのことに胸が痛んだ。

「どうかしましたか？」

馬車の覗き窓からそう声をかけられて、デュナルはそちらに視線を向ける。ステラがどこか警戒したような目をしているのを見て、安心させるように微笑む。

「聖女エリアーナのメイドである、レーナという少女です。討伐の旅に加わりたいと……」

「聖女様の……お待ちください」

そう話している間、レーナは再び深く頭を下げ、微動だにしなかった。こちらの返答を待っているのだろう。

頭の上の三角の耳が、こちらを窺うようにピンと立っている。

「殿下は、旅に加わる者に関しては、勇者様の判断に任せるとのことです」

「分かりました。――――どうしますか？」

デュナルは、隣に座ったまま何も言わずにいるアルフレッドに声をかける。デュナルとしては、戦力増強は早いほうがいいし、展開が速くてよかったな、などと内心思っていたのだが……。

「別に必要ないよ」

アルフレッドのにべもない返答に、デュナルは驚いて目を瞠った。

「おっ……前、何、言ってんの!?」

思わずそう突っ込むと、アルフレッドは不思議そうに首を傾げる。

「パーティに加えるか、でしょ？　俺はもともとソロだし、回復してくれるデュナルだけいればあとはどうでもいいし……」

「いいわけないだろ！」

頭が痛くなりそうな気分で、デュナルはため息を吐く。

戦士であるレーナのくれるバフは、攻撃力アップ。単純だが強力なバフだ。是非手に入れておきたいものだというのに……。

「レーナさん、少々お待ちください。馬車を移動させますので」

そう言うとどこか呆然とした表情をしていたレーナは、ハッとしたように頷く。

デュナルは通行の妨げにならないよう、馬車を街道の脇へと寄せると動かぬようケルピーに声をかける。

それが済むと、早速レーナは拒否権を持つアルフレッドに嘆願を始めた。

「勇者様、お願いです。私はあの日、エリアーナ様をお守りすることができませんでした。そのような者を足手まといだと思われても仕方ないとは思います。けれど、どうしてもエリアーナ様をお救いしたいのです。もしも魔王がエリアーナ様を殺したならば、その敵を討ちたいのです。もちろん、メイドとしてもお仕えします。何なりとお申し付けください」

跪き、地面に額を擦りつけようとする姿に堪らなくなって、デュナルは御者台を下りると彼女の腕を摑む。

「そのようなことはなさらなくていいのです。教会に勤めるものとして、彼女を守れなかったのは私も同じこと。――アルフレッド」

デュナルは、自分を追うように御者台から下りてきたアルフレッドを、じっと見つめる。

「どうしても、連れていくわけにはいきませんか？」

「……デュナルはその子を連れて行きたいの？」

「ええ、私はそれがいいと思います」

デュナルがはっきりと頷くと、アルフレッドは少し考え込むように沈黙する。

「デュナルがそうしたいというなら、それでもいいよ。けど、条件がある」

一瞬ほっとしたデュナルは、つけたされた言葉に眉を顰める。ちらりとレーナを見ると、彼女もどこか緊張した面差しでアルフレッドを見つめていた。

「メイドとしての仕事もするというなら、あんたには王女とステラの面倒を頼む。聞いた話では、ステラのほうは野営なんかの経験はあるらしいけど、旅慣れてはいないようだから手が足りないこともあるだろう」

「は、はい！　お任せください」

レーナはその条件に何の不服もないようで、喜色を浮かべて頷く。デュナルとしても、よかったなと思ったのだが……。

「それで、デュナルは俺とは昔みたいに話すこと」

「……は？」

突然自分にも条件を突きつけられて、デュナルはぱちりと瞬いた。

「デュナルが彼女を連れて行くべきだって言うなら、これはデュナルのお願いでもあるでしょ？」

にっこりと笑われて、デュナルは呆れ、ため息を吐く。

自分はアルフレッドのためを思って、彼女の同行を求めたのにと思うと、なんとも言えない気分ではある。

けれど、別に条件自体は、絶対に嫌だと主張するほどのものでもない。最初、自分が丁寧な言葉でアルフレッドに対応するようになったとき、アルフレッドがどれだけ悲しそうな顔をしたかを、デュナルは覚えていた。

「……分かったよ」

だから、デュナルがそう言った途端、本当に嬉しそうに笑うアルフレッドを見たら、もういいやという気持ちになってしまう。

「話はまとまりましたか?」

そう声をかけてきたのはマイネリーゼだった。

「はい。レーナさんが旅に同行してくれることになりました」

「分かりました。——レーナと言いましたね」

「はい」

マイネリーゼが王女であることは当然知っているのだろう。レーナは緊張したように背筋を伸ばして頷く。

「わたくしはマイネリーゼです。辛い旅になるとは思いますが、あなたの思いは馬車の中にいても聞こえました。どうぞよろしくお願いしますね」

「はい。こちらこそ、よろしくお願いいたします」

レーナが頭を下げると、ステラがドアを開け、中へと招いてくれたようだ。馬車の入り口は後ろ側にあるためこちらからは見えないのである。ほっとしつつそれを見ていたデュナルだったが、不意にあることに気付いて慌てて入り口へと近付く。

「デュナル殿、どうかしましたか？」

「ステラさん、あの、勇者の祝福についての説明を、その彼女にも……」

さすがに言葉に詰まったデュナルに、ステラもわずかに頬を染め、覚悟を決めたようにはっきりと頷くと、こちらで説明しておきます、と請け負ってくれた。


昼を過ぎ、街道脇に馬車を止めたのは、昼食のためだった。

王都に近いこの街道では、ところどころに休憩に適した広場があり、そこには街道と同じように、魔物除けの守護石が埋められているので安全に過ごすことができる。

デュナルは基本的に聖都と王都を往復するような移動しかしたことがないが、それでもこのような場所の存在は知っていた。

料理自体は城の料理人が作ってくれたものが持たされていたため、スープを温める程度ですぐに食事にできそうだ。

もっとも、それも魔法で簡単にできてしまうので、時間はそうはかからない。

ステラがケルピーに水を与えている間に、アルフレッドは念のためと周囲の様子を見に行っている。

食事のほうは、アルフレッドにマイネリーゼたちの面倒を見るように言われたせいもあるだろうが、レーナがテキパキと立ち働いて支度を調えてくれた。

馬車の荷物入れにあった敷物を広げ、クッションを置き、バスケットの中身を取り出して並べる。

ローストビーフや蒸し鶏、色とりどりの野菜とハム、チーズなどを挟んだ豪華なサンドイッチと海老のビスク、ピンチョスのような細い串に刺されたもの。プチシューのように見えるのはデザートではなく前菜らしい。デザートは別に用意があるようだった。思わぬ豪華な食事となったが、王女が過酷な旅に出るのだから最初くらいは、と力を入れてくれたのだろう。

デュナルは水筒のような容器に入っていたビスクをカップに注ぎ分け、魔法で温めながら全員に配る。これをレーナに任せておいたら、彼女は自分の分は注がないのではないかと思ったからだ。

実際用意されたクッションは一つ数が足りず、それまで手持ち無沙汰でどこかもじもじしていた様子のマイネリーゼが気付いて追加していた。

「レーナさん、どうぞ」

最後にレーナに向けてそう言ってカップを差し出すと、戸惑うように瞳を揺らす。

「たくさんあるから、レーナも遠慮はいらないわ」

マイネリーゼが言う通り食事は、誰かが多く食べても問題ないようにたくさん用意されていた。あとから参加したレーナの分がない、ということもないだろう。

「……早く座ったら？」

アルフレッドがそう言うと、レーナは覚悟を決めたように、空いていたデュナルとステラの間にあるクッションの前に座った。

食前の祈りのようなものはないので、そのまま普通に食事が始まる。

「御者を引き受けてくれてありがとうございました。お二人とも、お疲れなのではないですか？」

マイネリーゼにそう訊かれて、デュナルはちらりとアルフレッドを見たが、アルフレッドのほうは答える気がないのか食事を続けていた。

会話をしろ！　と内心思いつつも、デュナルは微笑んで口を開く。アルフレッドは自分の前ではいつも朗らかなので気付かなかったが、ひょっとして人見知りの気があるのだろうかと、少しだけ不安になった。

「お気遣いいただいてありがとうございます。ですが、ケルピーのおかげでほとんど疲れはないですから。話には聞いていましたが、あの子たちはとても賢いのですね」

ケルピーは妖精なので、ごく当たり前に人の言葉を解するし、長く生きて王家に仕えているため道にも詳しいようだった。おかげで御者といっても、ただ手綱を握っているだけの簡単な仕事だったのだ。

　そうしてマイネリーゼが振ってくれる話題に応えつつ、食事は進んでいく。だが、話しているのはほとんどがマイネリーゼとデュナル、ステラの三人で、残りの二人は黙々と食事を続けていた。

　正直、あまりよくない傾向だと思う。これから旅をするメンバーであるという雰囲気がしないというか……。いや、もちろん、アルフレッドにとってデュナル以外は出会ったばかりの相手であり、それはレーナも同じ。しかも、マイネリーゼは普通であれば知り合う由もない身分の相手だ。気軽に口を開くことは難しいのだろう。

　今もレーナは、マイネリーゼに話しかけられてぎこちなく頷いている。

　やがて食事が終わり、片付けの時間になると、デュナルはこういったことは教会の生活で慣れているからと積極的に片付けを手伝う振りで、レーナに近付いた。

「レーナさん、殿下は旅の間、身分に関しては気にしなくてよいと言ってくださっています。緊張せずとも大丈夫ですよ」

「は、はいっ。すみません……」

　デュナルの言葉に、レーナはぴゃっとすくみ上がり、慌てたように頭を下げる。

「謝らないでください。そのように緊張していては、疲れるでしょう？」

「ですが、私は獣人で、平民ですし、無理矢理同行させていただいているのですから……」

獣人というのは、特に蔑まれる立場ではないのだが、この国は基本的に人間の国であり、爵位を持つことはできず、例えば爵位のあるものと正式な婚姻を結ぶことや養子となることも禁じられてはいる。

だが、人間の平民と扱いに差はない――と表向きはされている。どこにも体面とは違う現実があり、人間よりも給金の面などで差を付けられたり、募集のある職に限りがあったりはする。貴族に軽視されている面もあり、エリアーナの家でメイドとして働けていたことは、むしろ珍しい部類になる。

マイネリーゼは貴族の頂点となる王族であり、ステラもまた伯爵家の令嬢としての側面を持つ。レーナはそれを気にしているのだろう。

「獣人であれ、平民であれ、そういうことを気にする方ではないと思いますよ。あなたはもう立派に旅の仲間なのですから」

「デュナル様……」

そこまで話した時点で、もとより時間の掛かるものではなかった片付けはすっかり済んでしまった。デュナルはレーナに向けて微笑み、大丈夫だという思いを乗せて頷くと、御者台へと向かう。

そうして今度は、ケルピーを再び馬車に繋いでくれていたステラに声をかけた。

「馬車の準備をありがとうございます。あ、そう言えば、レーナさんは素手で戦うそうですよ。

この国では珍しいですよね」

突然の話題ではあったが、レーナが提供できてステラが関心を示しそうなことと言ったらこの話題しかないだろうと思い強引に差し挟む。

だが、予想通り興味を持ったのか、ステラは話題の突飛さは一旦無視することにしたようだ。

「素手ですか？」

「ええ。メイドとしても護衛官としてもとても頼りになると、エリアーナから聞いたことがあるのです」

本当はゲームからの知識だったが、そんなことは言えないのでエリアーナを情報源としてしまう。

「レーナさんは少し緊張しているようですから、よかったら話題の一つとして、と思いまして」

敢えてそう口にすると、ステラは強引な話題の出し方はそのためだったかと納得したように頷いて微笑んだ。

「ありがとうございます。話をしてみます」

ステラがそう言ってくれたので、デュナルはほっと胸を撫で下ろした。

本来ならばここにはエリアーナがいて、そうであればレーナが肩身の狭い思いをする必要もなかったのだと思うと、自分がフォローするべきだろうと思ってしまう。

もちろん、アルフレッドとの好感度を上げてくれることが一番なのだが……。

そんなことを考えつつ、御者台へと上がった。

「何を話してたの？」

当然のように先に座っていたアルフレッドに訊かれて、デュナルはため息を呑み込む。

「たいしたことじゃない。レーナさんがちょっと緊張してるみたいだったから、仲良くなれればいいなと思って、話題を提供しただけ」

馬車を出発させつつ、そう答えたのだが……。

「ふぅん……デュナルはほんと、誰にでもやさしいね」

微笑んでいるのになぜかじっとりとした目で見られている気がして、思わず眉を寄せる。

ひょっとしてデュナルが彼女たちと親しく話しているように見えたことを、羨んでいるのだろうか？

だが、それは円滑なパーティ運営のためであり、延いては勇者であるアルフレッドのためにもなるのだ。

「彼女たちと仲良くなりたいなら、もっと積極的に話しかけろよ」

「……俺が彼女たちと？」

思わぬことを言われたというように、アルフレッドが首を傾げる。

自分から行くことなど考えてもみなかったというような表情に、さすがにむっとしてしまう。

確かに、アルフレッドほどの容姿で、A級冒険者ともなれば、いくらでも女性が寄ってきたのだろうけれど……。

「これだからモテる男は……」

思わずそう零すとアルフレッドは、驚いたように目を見開く。

「モテる？　え？　俺が？」

「モテるだろう？　それだけかっこよくて、若いのに実力もあるんだから」

とぼけるのもいい加減にしろと睨みつけると、なぜだか嬉しそうに微笑まれた。

「デュナルに言われると嬉しいな」

そう言われてデュナルはギリギリと歯を食いしばる。褒めたわけではないのだ。

「でも、好きな人に好かれないとね」

けれどそう言って苦笑するのを見たら、すとんと気持ちが落ち着いた。それからじわりと気の毒になる。

今の言い方からすると、アルフレッドには好きな相手がいる……もしくは、いたらしい。

にもかかわらず、バフのために他の相手を抱かなければならないというのは複雑だろう。

しかも、昨夜は相手が年上の男である。心に傷を負ったのは自分だけではなかったのかもしれないと思えば、溜飲も下がろうというものだ。

「そうか、その……まぁ、頑張れよ」

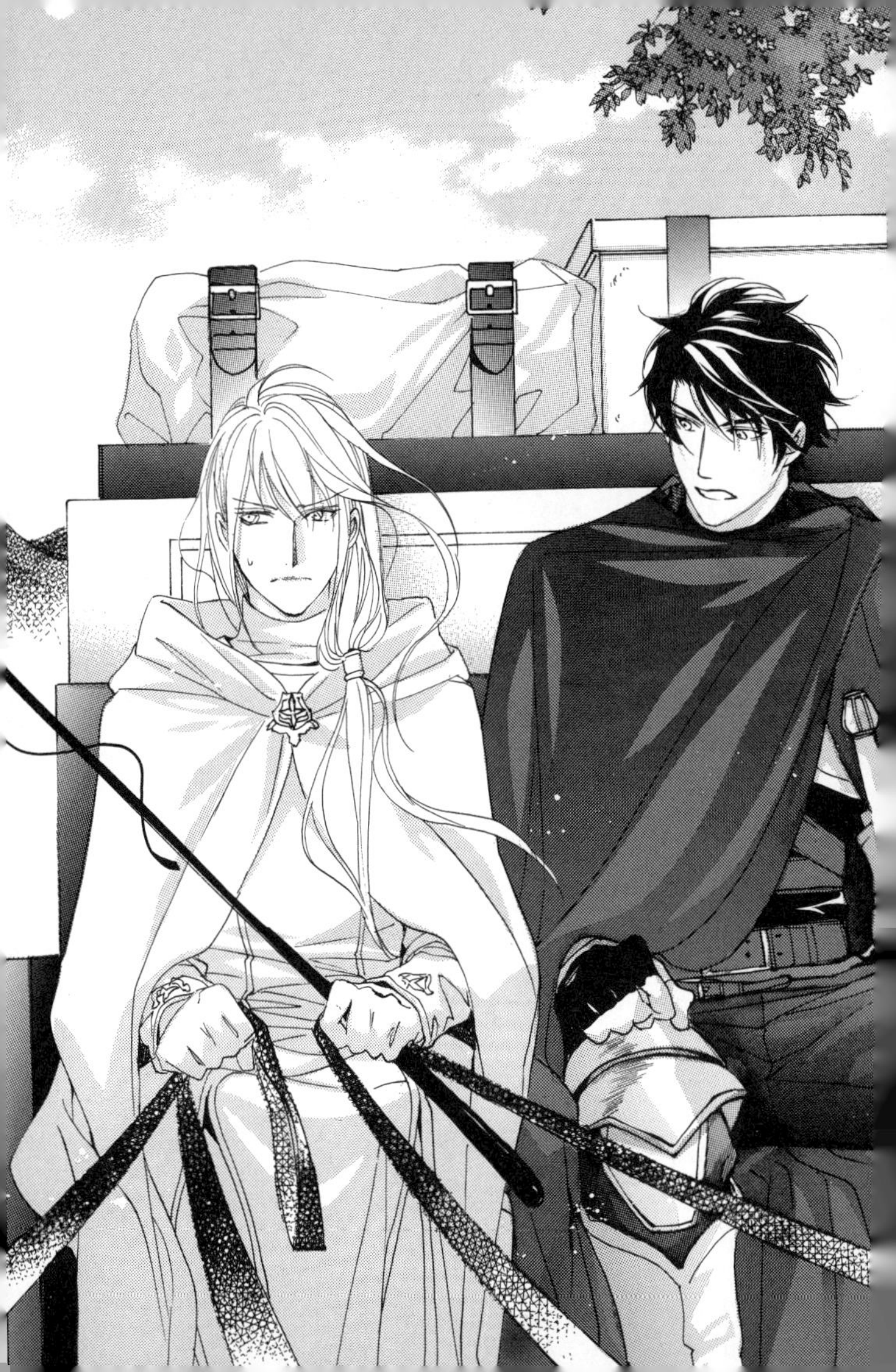

雑な慰めを口にしたデュナルに、アルフレッドは眉を下げ、大きなため息を吐く。

その様子を見て、デュナルはますます同情心を抱いてしまったのだった。


その後、馬車は順調に目的地を目指して進み、夕暮れどきには予定の街へと到着した。

まだ国の中枢に近く、街道に備えられた魔物除けの結界もあるため、魔物の襲撃などがなかったおかげだろう。

ちなみに、デュナルたちはほぼまっすぐに、魔王の城があると伝えられている世界の亀裂と呼ばれる場所へと向かっている。

簡単に言えば深い谷なのだと思うが、魔王が復活すると世界が反転し、そこは高い山脈へと変化するという。

随分とファンタジーな話だなと思うけれど、ファンタジーな世界観には、さすがにもう慣れている。

「お待ちしておりました」

馬車を降りた途端、そう言って歓迎の意を表してくれたのは、このテレジアという街を治める領主だった。

魔王の討伐に当たり伝令が飛ばされ、勇者一行は目的地に至るまでにある、全ての領主館へ宿泊することが認められている。

　もちろん、国を出るまでは、ということになるのだけれど。

　フェルシオン王国は、この大陸に二つある大国の一つであり、世界の亀裂との間にはいくつかの小国や亜人種の里、小規模な集落などを挟んでいる。国からもらった情報では、フェルシオン王国を出てから世界の亀裂までは、通常ならば二十日ほどということだった。もちろん、通常と違い魔物が大量に発生しているため、状況によっては倍以上にも延びるだろう。

「ライバーグ卿、急な要請に応えてくれて感謝します」

　代表して礼を言ったのは、もちろんマイネリーゼだ。

「いえいえ、この程度のことしかできず、申し訳ないと思っております。晩餐などにお誘いすればかえってご負担でしょう。すぐ休めるように、部屋の用意はさせていただいていますので、どうぞゆっくりお休みになってください」

　そう言うと、ライバーグ卿と呼ばれた男は、家令らしい男に案内するようにと命じた。

　連れて行かれたのは屋敷の南翼に当たる棟で、その二階の並びの客室を一人一部屋ずつ開放してくれていた。急に増えたメイド服姿のレーナに関しても、同じようにしてくれていたのは少し驚いたけれど、おそらく王宮からそのような要請があったのだろう。勇者が誰の部屋を訪ねるか分からないためだろうなと思うと、正直目から光が失われてしまいそうではあるが。

食事は一時間後、一階の食堂に用意することを告げると、男はにこやかに微笑んで頭を下げ、去って行った。

部屋は階段から近い順にステラ、マイネリーゼ、レーナ、アルフレッド、そしてデュナルが使うことにして、いったん廊下で解散となる。

広い部屋は居間と寝室が続き間になっていて、なんと浴室とトイレまでついていた。ホテルのようだなと思いながら、デュナルは少し迷ってから風呂に入ってしまうことにした。風呂に入らずとも体を清めることはできるけれど、いつまでも風呂が使えるわけではない。ケルピーの足ならば十日ほどで国を出ることになる。そのあとはこんな贅沢もできなくなるだろう。

水の魔石の嵌め込まれた蛇口を捻り、水が溜まったところで、風呂用に用意されていた細かく砕かれた火の魔石を入れようとして、いくつか種類があることに驚いた。

さすが貴族と言うべきか、火の魔石と一緒に花や森、雪や夜などの結晶石が交ぜられているらしい。火の魔石を水に入れればその量によって温度が上がるのだが、同時に香り付けをするのだろう。入浴剤を兼ねた製品ということのようだ。

デュナルはその中から気に入った香りを見つけると、風呂に入れてみる。森と雪の香りと書かれていたが、木の香りにミントのような爽やかな香りが混ざったものでとても気に入った。

そうして気分よく入浴し、さっと髪を乾かすと、魔法できれいにした服に袖を通した。

こういうとき神官服は便利だと思う。制服の一種なので、毎日同じ物を着ていても問題ないのである。実際はこうして汚れを落としてしまうので一着で事足りるのだが、同じ物を何着か持っているのだろうなと誤解してもらえるのも楽だった。もちろん、旅の間に何があるか分からないので、きちんと国のほうで用意してくれていた替えを持ってきているけれど。

デュナルはいわゆるオタク気質であり、興味のあることには心血を注ぐが、その分興味のないことにはまったくと言っていいほどこだわりがない。ファッションはその『興味がないこと』の代表と言っていいものだった。

居間には水差しとポットが用意されていて、ポットの蓋を開けて確認すると、中身は紅茶のようだ。城のポットと同じように状態保存の魔法が掛かっている。

デュナルはこのあとの食事のことを考えて、少しだけ水を飲み、ソファに座る。

「はー……これからどうなるんだろ」

ため息と共に独り言が零れた。

旅程については、城を出る前に全て確認済みで、行き先にゲームとの齟齬はなかったと思う。もちろん、前世のことなので記憶は多少曖昧なのだが。

いや、これは前世だからというより、単純に二十年以上前の記憶だからというのが大きいだろう。

もちろん、ここがゲームの世界に似ていると気付いてからは繰り返し思い返し、神官見習いとなって筆記具の使用が可能になってからは覚えていることを書き出したりもした。それがなければ、もう回避したと思っていた上に、デュナル自身に関係があるとも思えなかった魔王討伐の旅のことなど、ほとんど忘れてしまっていただろう。

デュナルはポケットに入っている、文庫本程度の大きさの聖書を取り出した。

これはもちろん、聖句やいわゆる神話なども書かれているのだが、実は鞄のような機能が付いているという魔道具でもある。

収納の大きさはそれほどでもないが、魔力補給用のポーションや、念のための着替え、毛布、寝袋、携帯食料や地図、そして昔自分が書いたゲームについての覚え書きなどが突っ込んである。

デュナルは表紙を開いて扉絵にするりと手を突っ込むと、中から覚え書きを取り出して開いた。

あまり質のよくないざらりとした紙を、紐で束ねただけのものだ。

今日のレーナの合流はゲームとはタイミングや、理由などが違う。そのせいで起こりそうな不具合を考えるためのヒントになるだろうかと思ったのだが……。

「どう考えても、俺が御者になったことのほうが問題な気がしてきた……」

呟いてがっくりと頭を垂れる。

自分が御者になったこと、というかそのせいでアルフレッドまで御者台に座ってしまったこと、が問題なのだけれど。

実際のところ、ゲームでは移動中の馬車の中でのことなどほとんど描かれなかったと思う。

馬車の中でこっそりお触りするとか、野営のときに馬車の中で他のキャラに隠れて行為に及ぶといったシーンはあったけれど、それくらいだ。

御者を誰がやっているかなどの説明はなかったと思うし、あくまで移動は移動だ。

容量の関係か、マップ移動は昔のゲームのようなドット絵ふうのもので、敵にエンカウントして戦闘し、レベルを上げるためのシステムだったのだ。

もちろん、それも大して難しいものではなかったし、ヒロインを最高のバフを持つエリアーナ以外の一人に絞りでもしない限りは、レベル上げすらも必要なく、移動の間の戦闘だけで事足りるものだった。

大切なのは昼と夜の二回の行動を誰と行うか。そこで好感度の上下が発生するため、攻略に大きく関わってくる。

今日は、昼間はパレードにも割かれていたので、好感度に関しては特に動きはなかったのではないかと思う。

夜の行動は、誰の部屋を訪ねるのかということになる。エリアーナ、マイネリーゼ、ステラの三人は特に何もせずとも部屋に行けばエロいことができるのだが、レーナなど、その他のメンバーはまず好感度を上げる必要がある。夜に訪ねていっても、最初のうちは会話イベントが発生するだけなのだ。

だから、できれば昼間のうちに、レーナの好感度を上げてほしかったのだけれど……。

アルフレッドとレーナが話をしたのは、馬車に乗る前のあのときだけだった。

「このままじゃよくないよな……」

なんとか手助けできないだろうか？

悩んでいると、ノックの音がして、デュナルはハッと顔を上げる。

室内にある時計を見ると、いつの間にか夕食の時間になっていた。誰かが呼びに来てくれたのだろう。

そう思って、覚え書きを聖書の中に戻し、ソファから立ち上がる。聖書を内ポケットに入れてからドアを開けると、そこにいたのはアルフレッドだった。わざわざ迎えに来てくれたらしい。

「夕食の時間だけど、行ける？」

「ああ、行こうか」

自分ではなく、他のメンバーを誘ってほしかったという気持ちをぐっと抑えて頷き、部屋を出る。

デュナルはレーナたちにも声を掛けようかと思ったが、アルフレッドはスタスタと階段へ向かってしまう。

「アル、みんなにも声かけたほうがよくないか？」

「多分、三人で一緒に来るよ。王女様の部屋に集まってんじゃないかと思うし」

言われて、デュナルは軽く目を瞠る。だが、言われてみればその通りだ。

部屋にキャラのアイコンが出ているようなイメージを持っていたせいで、みんな自室に籠もっていると思ってしまったけれど、ステラがマイネリーゼを一人にしておくわけがないし、マイネリーゼたちの面倒を見るようにアルフレッドに言われたレーナも一緒の可能性は高い。

勇者が訪ねるのはおそらく夕食後、夜も更けてからなのだろうから、今は三人が一緒にいると考えるのが自然だった。

「デュナル？」

いつの間にか足を止めていたデュナルを、アルフレッドが振り返って見つめる。

「……あ、そうだな。……女性が支度をしているだろうところを訪ねるのも無粋だし、先に行ってようか」

デュナルがそう言って歩き出すと、アルフレッドも頷いて隣に並ぶ。

「……デュナル、いい香りがするね」

くんくんと髪の辺りを嗅がれて、デュナルはびくりと肩を揺らした。

「にゅ、入浴剤のおかげだろうな」

「もう風呂に入ったの？　一緒に入りたかったな」

「っ……冗談はやめろ」

どこか艶めいた声に頬がカッと熱くなって狼狽えてしまい、デュナルは思わずアルフレッドを睨みつける。

けれど、それはアルフレッドに何の痛痒ももたらさなかったどころか、逆に喜ばせてしまったらしい。

「……可愛い」

「ぐ……」

嬉しそうに呟かれて、むしろこちらがダメージを受けた。

これはもしや、一度寝たことでなんらかの――言うなればヒロインフィルターのようなものが掛かってしまったのではないかと不安にもなる。

そうして悩みつつ食堂に着くと、やはり女性陣はまだのようだ。

食堂には魔法石で明るく光るシャンデリアが垂れ下がり、壁に飾られた絵画の下に魔法石の燭台と花の飾られた花瓶が置かれている。

青地に白い刺繍の入った椅子の数は十で、長方形のテーブルの長辺に四つずつ向かい合うように並べられていて、いわゆるお誕生日席と向かいにも一つずつ。

デュナルはアルフレッドにお誕生日席の横を勧め、自分はその隣に座る。マイネリーゼが王女であることを思えば、立って待っているべきなのかもしれないが、きっと彼女は気にしないだろう。

すぐに三人がやってきたが、やはり先に座っていた自分たちに思うところはないようだ。

「レーナは私の隣だ」

自分が座ることに抵抗があるらしいレーナに、座るように言ったのはステラだった。提供した話題が助けになったのかは分からないが、少しは打ち解けたらしい様子に、ほっとする。マイネリーゼは角を挟んでアルフレッドとステラの間、お誕生日席に座る。

全員が席に着くと、すぐに夕食が運ばれてきて、豪勢な食事に舌鼓を打った。その間も、昼よりはスムーズに会話が流れていることにほっとする。

やがて、食後のお茶が運ばれてくると、マイネリーゼが聞いて欲しいことがあると声を上げた。

「わたくしたちはすでに馬車で聞いたのだけれど、デュナルとアルフレッドにも共有しておいたほうがいいと思うの」

そう言いながら、レーナに気遣うような視線を向ける。どうやら、この話はレーナからもたらされたものらしい。

マイネリーゼたち三人の表情はどこか優れず、中でもレーナは何かを耐えるように唇を噛みしめている。

「なんだ？」

アルフレッドが促すように声をかけると、まずはマイネリーゼが口を開いた。

「魔王が復活したとき、レーナは教会に、聖女エリアーナと共にいたそうよ」

なるほど、そのときのことか、とデュナルは頷く。だが、すぐにそのことの意味に気付いた。レーナがどうやって合流するかや、合流後の人間関係などばかり気にしていたけれど、レーナの立場ならエリアーナに何があったかまで目撃している可能性がある。

「……はい。あの日、エリアーナ様はいつもより遅くまで、一人で聖堂に残っていらっしゃいました」

夕餉のあと、少しの間一人で祈りを捧げたいと言って、いつも祈りを捧げている聖堂にいたらしい。聖都の大教会の中には、いくつもの聖堂があるのだがエリアーナが使っていたのは、特に古く、奥まった位置にある小さな聖堂だという。

さすがエリアーナだなぁと、デュナルは感心する。

デュナルは、基本的には時間外労働はしないタイプだ。例外は急な治療の要請や、逃げられない会食くらいだろうか。聖者と祭り上げられていても、それはあくまでも治癒魔法の腕によるものであり、正直なところ信仰心はそれほど高くない。そのため、定められた時間以外に祈りを捧げることはまずなかった。

だが、エリアーナは時折そうして、神官や教会に住む者たちが一人で祈りを捧げるための小さな聖堂を訪れていたようだ。

しかし、古くて、奥まった位置にある聖堂、というのは……。

「エリアーナ様が祈りを捧げていらっしゃる間は、聖堂の外で扉を守るのが私の役目です。大聖堂などであれば聖堂の中で待たせていただくのですが、その聖堂は本当に小さなものですし、他に入り口もありませんので……」

そこで同意を求めるようにレーナがデュナルを見たので、デュナルはこくりと頷いた。

「ええ、そこは知っています。古く、小さな聖堂ですが、教会の最奥に大教会建立の折からある、由緒ある聖堂の一つです」

もっと言えば、聖剣と共に魔王が封印されていたのもその地下なのである。

そのせいもあって、デュナルはその聖堂にはほとんど近寄らなかった。

「ですが、エリアーナは本当に素晴らしい方ですね。そのように日々、祈りを捧げているとは……」

「はい。本当に素晴らしい主人です。……デュナル様は、エリアーナ様が生きていると信じていてくださるんですね」

「え？」

突然、ほろりとレーナが涙を零したので、デュナルは驚いて目を瞠る。

「も、申し訳ありません。素晴らしい方だった、とはおっしゃらないのだと思ったら、嬉しくて」

言われてみればそう言ったたし、実際デュナルは、形はどうあれ、エリアーナが生きていることは確信していたため、特に意識せずそういう言い方になっていたようだ。

「私も、エリアーナ様は生きていらっしゃると、信じたいのです。――あの夜、雷が落ちたのは、エリアーナ様が祈っていた聖堂でした。雨の気配もなかったというのに突然、背後でものすごい音がしたのです。急いで聖堂に踏み込んだのですが……そのとき、黒髪の女性が宙に浮いていました。私、最初その方がエリアーナ様だと気付きませんでした。けれど、そこには他の人の姿はなくて……一瞬私を見たような気がします。そのときようやく、その女性がエリアーナ様にそっくり――いえ、エリアーナ様であると気付いたんです。ですが、髪が黒いだけでなく、目もまるでその場の炎を写し取ったかのように赤くて……」

確かに、ゲームのデュナルも黒髪に赤い目をしていた。おそらく魔王に乗っ取られるとそうなってしまうのだろう。

その光景を思い出しているのだろう、レーナは震える自分の体を自らぎゅっと抱きしめる。

「慌てて近寄ろうとしたのですが、天井が崩れ落ちてきて……どうやら私はその下敷きになっていたようなのです。情けない話ですが、治癒魔法をかけられ、意識を取り戻したのは大教会が壊滅してから二日も経ってからのことでした」

悔しそうに唇を噛むレーナの肩を、ステラが励ますように撫でた。

おそらく、騎士として同じように誰かを守る役目を持つステラには、レーナの無念が分かるのだろう。

「――――つまり、そのいなくなった聖女の体を魔王が乗っ取った、と考えていいの？」

そう口にしたのは、アルフレッドだった。

すでに三人の間ではその意見が出ていたのか、驚いた様子を見せるものはいない。むしろ、事実を知っているデュナルが最も驚いていた。

ゲームでは、最後に魔王が出てくるまで、その正体については分からなかったので、こんな序盤でそのような話が出てきたことに驚いたのである。

「魔王、という存在について、教会側ではどのように認識されているのかしら？　わたくしは今回のことがあって、国に伝わる文献については当たったけれど……」

マイネリーゼにそう問われて、デュナルはゲームではなく、教会内で周知されている事実について思い出しつつ口を開く。

「……大教会が、魔王を封印するために、あの場所に建てられたのだということは知っています。勇者の持つ聖剣が、教会内のどこかに抑止力として納められているという話も」

聖堂の地下に魔王が封印されていたこと、そこに聖剣も共に眠っていたことは、誰もが知っていた。大教会はその、魔王を封印するために建てられた小さな聖堂から始まったとされている。

だが、それがどの聖堂の地下なのかは万が一のことを考えて秘され、神官長と副神官長のみが知っていたということも告げる。

「ですが、今の話からすると、おそらくエリアーナが祈りを捧げていたその聖堂の地下こそが、魔王が封印されていた場所だったのでしょう。聖剣が見つかったのも、おそらくそこだったんじゃないか？」

後半はアルフレッドに向けて言うと、アルフレッドは曖昧に頷く。

「俺が聖剣を拾ったのは、確かに天井の崩れた小さな聖堂だったな。……言われてみれば、瓦礫の下にいたのは彼女だった気もする」

アルフレッドの言葉に、レーナが目を瞠った。

「私を助けてくれたのは、勇者様だったのですか？」

「……助けたってほどじゃないよ。何かに呼ばれた気がして瓦礫を退けたら、そこにあんたと聖剣が埋まってたってだけだから。助けたっていうなら、治癒魔法を使った神官のほうだろ」

アルフレッドの口調は素っ気なかったけれど、思わぬ展開にデュナルは内心ほくそ笑む。

これはレーナからの好感度が、わずかにでも上がったのではないだろうか。

「偶然とは言え、いいことをしたのだから、誇ってもいいんじゃないか？」

デュナルが言うと、レーナもこくこくと頷く。

「そうです。もしあの場に勇者様がいなければ、私の発見もずっと遅くなったはずですから……本当にありがとうございました」

「……別に、気にしなくていいよ。もともと俺が教会に行ったのも、デュナルがいると思ったからだし」

そう言えば、そう言っていたなと思い出し、デュナルはにっこりと微笑む。

「おかげでアルが教会に救援に来てくれて助かった人が、たくさんいるんだ。レーナさんも含めてね」

「……うん」

今度は少し照れたように頷いたアルフレッドに、その場の空気が少しだけふんわりと緩んだ。

だが、残念ながら話は終わっていない。

話を戻すけれど、とそれでも先ほどよりは強張りの取れた顔で言ったのは、やはりマイネリーゼだった。

「では、魔王が人の体を乗っ取る、というような話は教会内でも知られていないのね？」

「ええ、聞いたことがありません」

「そう……」

デュナルが頷くと、マイネリーゼが小さくため息を零す。

「でも、教会で知られていなくても、可能性はゼロじゃない。というか、そもそも魔王がもしその聖女の体を乗っ取っていたとしても、斃さないわけにはいかないだろ」

「それは……！」

アルフレッドの言葉にレーナが何かを言いかけて、ぐっと言葉を呑むように俯く。

確かに、アルフレッドの言う通りなのだ。魔王は必ず斃さなければならない。

それでも……。

「レーナさん……私は助けられる可能性はあると思っています。エリアーナが魔王に乗っ取られてしまったのだとしても、贄にされたと考えるよりはいい。いえ、エリアーナ自身はそう思わないかもしれませんが、少なくとも生きている可能性は高まったのです」

「デュナル様……」

レーナが縋るようにこちらを見つめてくる。

「エリアーナの生存と帰還は、私にとっても叶えたいことです。彼女ほど清廉な存在はありません。救われた者も多い。皆が彼女の生存を祈っているでしょう。ですが、もしも彼女が今、魔王にその体を使われているのなら、どれほど苦しんでいることか……。せめて、解放してあげたいとも思うのです」

デュナルがそう言うと、レーナは一瞬辛そうに顔を顰めた。解放が、死である可能性もあると理解したのだろう。もちろん、デュナルの本心としては、エリアーナは自分がなんとしても生かす、ではあるがここで、聖剣で魔王を斃せばエリアーナの体から魔王が離れる可能性が高い、とは言えない。知るはずのないことだからだ。

「もちろん、可能な限り救い出したいと思っています。そのためならば私の力を全て捧げてもいいとすら思っていますよ」

これは本心だった。だからだろうか。レーナは大きく目を見開くと、やがて決意を固めるようにキリリとしたまなざしで頷いた。

「はい！　私も全力を尽くします！」

覚悟の決まった様子に、デュナルはほっとする。マイネリーゼとステラも同じようだ。

「俺も力を尽くすよ」

アルフレッドの声にそちらを見ると、まっすぐな瞳とぶつかる。

「受けた依頼は魔王の討伐だけだけど、デュナルが救いたいって言うなら、頑張るからね」

「アル……ああ、ありがとう」

まさかそう言ってくれると思わず、デュナルはにやつきそうになった唇をどうにか微笑みと呼べる形にとどめた。

思った通りレーナは感激したような目をしている。……なぜか見つめている先は自分だったけれど、たまたま視線が向いただけだろう。

「もちろん、私も力を尽くそう」

「ええ、わたくしも。聖女エリアーナの噂は王都にも届いています。どうか彼女自身も救われて欲しいわ」

ステラに続いて、マイネリーゼもそう言ってくれる。
そうして五人で意思の統一を図ったところで、その夜は解散となったのだった。

◇

「……なんでだ」

その日の朝も、デュナルは宿屋の寝台でがっくりと頭を垂れていた。手は腰に当てて治癒魔法を展開している。

もちろん原因はアルフレッドである。

魔王討伐の旅に出てから、すでに一月ほどが経っていた。フェルシオン王国を出てからいくつかの小国を経ており、そろそろ国家として成立している土地を抜けようかというところだ。

当初考えられていた旅程は、当然のことながら平和な時期の話であり、魔物の襲撃や、立ち寄った場所での問題の解決などもあって随分と延びている。

とは言え、それはゲームと比較すると予定調和の範囲であり、火事場泥棒をしていたシーフのヒロインを仲間にしたり、踊り子のヒロインを仲間にしたりもしつつ、順調に進んでいると言えた。

馬車で過ごす時間が多いせいか、女性陣はみんな仲がよく、戦闘でもよく連携が取れているようだ。アルフレッドは相変わらずの個人技のようで、そちらがデュナルとしては気になっているのだが、女性陣はすでに気にしていないらしかった。

であれば、後方支援であるデュナルに言えることなど何もない。ここまでほとんど大きな怪我もなく進んでいることからも、戦闘内容に口出しなどできるはずがないのであった。とにかく人間関係はだいぶうまく行っていると言っていいだろう。

だが一つだけ、とても大きな問題がある。

それは、毎晩デュナルがアルフレッドの相手をさせられている、ということである。

もちろん、自分のバフがそれだけ有用なのだということは理解している。確かに一番効率がいいのは間違いない。常にエリアーナを選んできた、プレイヤー時代の自分が保証する。

それで戦闘がうまく行っているのだから、アルフレッドとしても別のバフを試してみようとも思えないのだろう。

女性陣は当然この事態に気付いているためか、デュナルにとてもやさしい。そのことがありがたく、だがそれ以上に恥ずかしい。

女性陣からすれば、デュナルが相手をしているから、アルフレッドに抱かれずに済んでいるのだ。もし、アルフレッドが好感度を上げていれば、そのことを不満に思う者もいただろうが、アルフレッドは全くもって彼女たちにはフラットな態度であり、頼りにされてはいるが恋情を抱かれる段階では全くなさそうだ。

それを残念なことにというか、幸いなことにというかは、意見の分かれるところかもしれない。

正直なところ、デュナルとしても、最初は抵抗があったものの、これで旅の進行が速くなるならもういいかという気持ちである。

戦闘にほぼ参加できない引け目を、感じずにいられているのもこのおかげ……かもしれないし。実際、女性たちがみんな戦っているのに、自分は後方で守られているというのは複雑な思いのするところだ。

そして同時に、めちゃくちゃ気持ちいいからいいか……みたいな思いもないとは言えない。自分の倫理観の低さが憎い。一応は聖職者だというのに……。

ともかく、そんないろいろな感情の中で、ある種忸怩たる思いを最も感じるのが、この腰や節々の痛みを癒やしている朝のこの時間なのであった。

しかし、今日はそれとはまた別の憂鬱もある。

デュナルは窓の外へと視線を向ける。窓ガラス越しに見る空は薄曇りだ。雨が降りそうなほどではないし、馬車での移動に支障はないだろう。

雨が酷いときは、無理せず休むことにしていた。視界も足場も悪く、体力の消耗も大きくなる。万が一戦闘があった場合、危険だからだ。

しかし、今日このまま進めば……。

「ナディアのイベントそろそろだよな」

ナディアはエルフの弓術士で、パーティに加わる可能性のある最後のメンバーである。

正直、彼女のことを考えると気が重かった。

最後のメンバーということは、つまりそれだけ魔王城に近い場所だということになる。戦闘の難易度が上がっているというだけでなく、この辺りはもう魔物たちにより滅ぼされた土地が出てくる頃合いなのだ。

更に、攻略の期間が短いせいもあるだろう。ナディアはイベントが成功すれば仲間にできるだけでなく、最初からある程度好感度が高くなる。

しかし、その反面失敗すれば、エルフの里は滅び、ナディアも死んでしまうのだ。

ゲームであればリセットし、前のセーブデータから始めるか、仲間にする必要のない周回であればスキップでさっと飛ばしてしまえばいいが、現実ではそうはいかない。

ここからの動きによっては、人が死んでしまうのだと思うと、酷く気分が重かった。

もちろん、今までだって魔物に襲われている街で助力したり、旅の商隊を助けたりというイベントはあった。だが、目の前で人が死ぬようなことはなかったのである。

早く進むことで、里の襲撃そのものが防げるのならばそうしたい。けれど、ここまでの旅で分かったのは、現実もある程度ゲームの時間軸に沿って動いているのではないか、ということだった。

そうでなければ、たまたま火事場泥棒をしていたシーフに出会うのはおかしいし、用意されていたイベントが起こることもおかしい。

自分たちが動くことで、事態にも動きがあるようで、少し気味が悪く思えるほどだ。

そしてそれはある意味では、自分たちが近付くから、エルフの里が襲われるのだと言われているようで……。

デュナルは一つ深いため息を零すと、朝の支度をするべくベッドを下りた。


「デュナル、あなた少し顔色が悪いのではなくて？」

昼休憩の際、馬車から降りたマイネリーゼにそう言われて、デュナルは軽く目を瞠った。

ちらりとアルフレッドを見れば、そらみたことかと言わんばかりの表情だ。

「俺もそう言ったんだよ。御者は俺に任せて馬車の中にいてって」

「いやでも、別に体調はどこもおかしくないから……。マイネリーゼさんも心配してくれてありがとうございます。でも、本当にどこも悪くないんですよ」

デュナルは苦笑したが、どうしたどうしたというように囲んでくる女性陣に、口々に顔色が悪い、疲れているのでは、少し休んで欲しい、などと言われて結局昼食の支度ができるまで馬車の中で休ませてもらうことになってしまった。

「レーナさん、すみません」

そう謝罪したのは、いつも食事の支度はデュナルとレーナが主戦力のためだ。

「気にしないでください！　ミッチェさんが張り切ってくれていますから」

「そうですか。よかった」

ミッチェというのはシーフのヒロインだ。手先が器用な彼女は、きっと料理もできるのだろう。ゲームでは全体の料理イベントなどはなく、料理上手なレーナとお菓子作りの得意なエリアーナの個別イベントにその片鱗があった程度だった。

周囲の過保護とも言える様子に苦笑しつつも、デュナルは大人しく馬車の中に入る。

広い馬車の中は自分一人だが、扉が開いたままなので外の音や女性陣の声が聞こえてくる。言っていた通り、ミッチェが手伝って食事の支度を進めているようだ。

そのことにほっとしつつ、デュナルは目を瞑った。

本当に不調などではない。だが、誰かの前にいることで気を張ってしまう自分がいることも確かで、一人になると力が抜ける。

けれど……。

不意にドアの閉まる音がして、外の音が遠くなった。隣に誰かが座るのを感じて、そっと目を開け、横目で確認する。

そうだろうと予想していた通り、そこにいたのはアルフレッドだった。

「起こしたかな？」

「いや、寝てないよ」

デュナルの答えに、アルフレッドはほっとしたように表情を緩める。

「支度が終わるまでまだかかるだろ。これでも飲んでのんびりしてろってさ」

「ああ、ありがとう」

渡されたカップには、薄い水色の飲み物が入っていた。冷たい水に花の蜜から作られたシロップを溶かしてあるのだろう。

ほんのりとしたやさしい甘さに、ぎゅっと強ばっていた心が緩むような気がした。

「やっぱりまだ少し顔色が悪いな……」

「別にどこも悪くないんだけどな」

不安が顔に出てしまうのは、ときに人の悩みを聞いたり告解に立ち会うこともある聖職者としては、情けないことではある。

「そんなに心配なら、少しは手加減して欲しいもんだけどな」

ついそんな軽口を叩いたのは、照れ隠し半分、本音半分と言ったところだ。

実際のところは治癒魔法で疲労も残らないのだが、もしもデュナルが疲れる要因があるとすれば一番はアルフレッドと共に過ごしている夜である。

アルフレッドはぐっと言葉に詰まったあと、何かを言おうとしたのか口を開いたけれど……。

「アルフレッド！」

外からマイネリーゼの声がして、その緊迫した響きにアルフレッドは迷うことなく立ち上がり馬車から飛び降りる。

デュナルも続いて外を見ると、すでに戦闘は始まっていた。

広場と森の境目で、レーナが誰かを腕に庇いながら戦っている。ステラと踊り子のローズの姿はなく、おそらくこの場を離れているのだろう。マイネリーゼはレーナと戦っている敵とは別の相手に向かって、魔法を放っていた。どうやら敵は複数いるようだ。

アルフレッドがすぐに駆けつけて、レーナが戦っていた相手と交戦する。その隙を突いて、レーナがこちらへと駆けてきた。

「デュナル様！　この子を……！」

そう言ってレーナは腕の中にいた少女をデュナルに見せた。その少女の姿に、デュナルの体が一瞬強ばる。

「たす、け……さい……、里が、里が……」

その尖った耳と、緑がかった髪は、間違いなくエルフの特徴だ。恐れていた事態に、イベントが始まったのだと悟った。

「この子は私に任せてください」

だが、デュナルは一度ぎゅっと目を閉じると、すぐにそう言って少女をレーナの腕から抱き上げる。レーナはすぐに踵を返し、戦闘に戻っていく。

デュナルは少女を馬車の椅子に寝かせると、すぐに治癒のための魔法を発動した。

「森……奥、里が……っ……魔族に……」

血を失いすぎて目がかすんでいるのか、視線は全く合わない。それでも少女は必死に里を助けて欲しいと請う。

「分かりました。森の奥にエルフの里があり、そこが魔族に襲われた。そうでしょう？」

デュナルが理解したと分かれば喋るのをやめるかと思ったけれど、少女は口を動かすのをやめなかった。

「た……けて……す、け……」

もう耳も聞こえていないのかもしれない。彼女の負うそれが、死に至るほどの重傷であることをデュナルは知っている。だから、全力で魔力を注ぎ込んだ。

怪我はもうよくなりつつあるが、失った血はすぐには戻らない。それが彼女の感覚を不確かにしているのだろう。

「大丈夫、きっと助けます。ですから、じっとして……」

足りない血を補うために、デュナルは更に魔力を注ぎ込んでいく。

この世界では魔力は体液と非常に近しい関係にある。足りなくなった血液を強引に補えるほどの魔力があるからこそ、デュナルは死人でなければ治すことができる、とまで言われるのである。

やがて、少女は瞼を伏せ、すぅすぅと心地よい寝息を立て始めた。あとはこのまま寝かせておけば大丈夫だろう。

だが……。

今頃エルフの里は、どうなっているのだろう？

本来なら、自分たちに伝言を託して死んでしまうはずの少女を救えたことにほっとしつつも、里が襲われているという事態を思うと胸が痛んだ。

その感傷を振り払い、デュナルは馬車の外へと視線を向ける。

するとすでに戦闘は終わったようだ。いつの間にかステラの姿もある。

「怪我をした人はいませんか？」

そう声をかけると、レーナが少しだけ負傷していたようだ。そう言えば、少女を抱えていた腕にすでに傷があったことを思い出す。

「すみません、あのとき、馬車を離れる前に気付くべきでした」

そう謝罪するとレーナは、かすり傷でしたからと笑ってくれた。

「それより、さっきの子は……」

「もう大丈夫です。今は眠っています。ですが……」

馬車へと戻ってきたメンバーに、少女の言葉を伝えると、すぐにみんなの顔つきが厳しくなる。

「すぐに向かおう」

「はい」

アルフレッドの言葉に全員が頷いた。もちろん、デュナルも。

エルフの少女を乗せていることによって、木々が隙間を広げてくれてもなお、馬車一台が通るのがやっとの狭い道を通って里へと向かう。

デュナルの胸の中は、コールタールを呑み込んだかのように黒く、重かった。

御者はデュナルではなく、ローズが引き受けてくれていて、デュナルはレーナの傷を癒したあとはただ祈るように眠る少女を見つめる。

やがて、里に到着すると、眠る少女以外の全員がすぐに馬車を飛び出す。

「っ……」

里は戦場と化していた。

あちらこちらで火の手が上がり、人々の鬨の声や悲鳴、呪文を唱える声、剣戟の音、矢が風を切る音や足音が混じり合う。

その中にデュナルは、戦士であり、助けを求めにきた少女の姉でもある、ヒロインの姿を見つけた。

まだ生きている。深い怪我を負った様子もなく矢を射る姿に、少しだけほっとした。だが、安堵できる状況ではない。

駆け出していく仲間達の背を追う。戦力として戦闘には参加できないが、うしろに控えて傷を癒やすのがデュナルの役目だ。

直接触れて癒やすのとは違うので、余分な魔力の消費があるけれど、足りないよりは多いほうがいいだろうと攻撃の当たった仲間に向けて即座に治癒魔法を掛ける。ＨＰのバーが見えればいいのにと思うのはこんなときだ。

そうして仲間を回復しながらも、移動の最中に怪我人に向けても治癒魔法を放っておいた。

それでももう、明らかに事切れているという者もいたし、まだ息はあるだろうけれど集中して治療しなければ助からないだろうという者もいた。

駆けつけたい気持ちはあったけれど、優先しなければならないのは仲間の命である。

助けられない命があることが、デュナルは泣きたくなるほど辛く、悔しかった。ここまでの旅の中で、街が魔族に襲われていたことは何度かあったけれど、ほとんどは外壁の外での戦闘であり、街の中に入り込まれての戦闘はこれが初めてだった。

こんなふうに、多くの建物や、非戦闘員らしき者を含む多数の住民が傷つけられている姿を見たことはない。

だが、魔王城が近付きつつある今後は、こういったことも増えていくのだろう。

胸が痛んだけれど、振り払うようにデュナルは仲間達に集中する。

そうして、ようやく戦いが終わるまでに、どれくらいの時間が経ったのだろう。気付くと里の中は火ではなく、赤々とした夕日に染められていた。

そこここで上がっていた火は、いつの間にか消し止められていたようだ。

「デュナル、怪我はない？」

聖剣を鞘にしまいながらそう訊いてきたアルフレッドに、こくりと頷く。いつも、アルフレッドは戦闘が終わるとすぐにこの問いを口にするのだ。

「アルやみんなのおかげだよ」

「私たちだって、デュナルのおかげで無傷みたいなものですよ」

ステラの言葉に、アルフレッドや他のみんなも頷いてくれることに、いつもながらほっとする。

そこに、一人の少女が近付いてきた。

「あら、あなたは……」

最初に気付いたマイネリーゼが声を上げると、少女はゆっくりと深く、頭を下げた。

「私はこの里の長の娘で、ナディアという。あなたたちの助力に感謝する。助けを呼びに出た私の妹も、救ってくれたと聞いた。本当にありがとう」

「あの子はあなたの妹だったのですね」

マイネリーゼが、ほっとしたようにそう言って頷く。

どうやら少女は途中で目を覚まし、馬車を出て無事に保護されていたらしい。こちらとしては、馬車にいれば安全だろうと思って置いてきたのでひやりとする部分もあるが、無事だというならよかったのだろう。

「父が、あなたたちに礼をしたいと言っている。どうか共に来てくれないか？」

「まぁ……そのようなことは、気にしなくてよろしいんですよ。大変な状況なのですから……」

マイネリーゼはそう言って一度は断ろうとしたが、ナディアは引かなかった。

「里の恩人に何も報いないなど、到底看過できることではない。それに、この時間から森を抜けるのは難儀するはずだ。是非一晩泊まっていって欲しい」

マイネリーゼはその言葉に一理あると思ったのか、アルフレッドへと視線を向ける。

「……そうだね。無理に夜の森を抜ける必要もない。それに、今からここを離れるのは、多分デュナルが納得しないだろうから」

突然名指しされて、デュナルは驚いてぱちりと瞬いた。けれど、確かにアルフレッドの言う通りだ。

「――――まだ、怪我人が多くいるでしょうから、少しお力になれたらとは思っていました」

その言葉に、アルフレッドはやっぱり、と言うようにため息を吐き、女性陣が顔を見合わせて苦笑する。

「それは助かる……だが、本当にいいのか？」

「もちろんです」

驚いたように言ったナディアは、デュナルがそう返すと、パッと表情を輝かせた。

「では、一晩お世話になりましょうか。里長様にご挨拶させてもらえるかしら？」

マイネリーゼがそう言ってくれて、ナディアは大きく頷く。それから、デュナルのほうを見た。

「里長は集会所にいる。怪我人もそちらに集められているはずだ」

「分かりました。ご一緒します」

こうして、結局は全員が移動することとなる。

だが、状況はあまり芳しくなかったようだ。エルフの里を襲った魔物の数は多く、アルフレッドたちの助力があっても多くの命が失われたのだろう。

集会所の外にまで怪我人が溢れているのを見て、思わず息を呑んだのはデュナルだけではなかった。

デュナルは堪らず、近くに倒れていた青年の傍へと駆け寄る。地面ではなく、絨毯のようなものを敷いた上に寝かせられていた青年は、顔に大きな怪我を負い、左足を欠損している。

もう意識もないのだろう。その手をぎゅっと握っていた女性が、デュナルに気づきハッと顔を上げる。その目からは、大粒の涙が零れ落ちていた。

「……あなたは……？」

「神官です。治療しますから、一度包帯を解かせてください」

端的にそれだけ言うと、デュナルはすぐに青年の足の包帯を解き、その傷に治癒魔法を掛けていく。光の粒子が傷口を覆い、足の形を成していく。そうして光が消えるとそこにはもともとあった通りの足が復元されていた。

女性の目が、驚いたように瞠られる。

「ああ……嘘……こんな……」

震えるような声を聞きながら、デュナルは顔の傷も治していく。

「これほどの力を持つ者がいるとは……」

背後でナディアの唸るような声が聞こえた。だが、デュナルはもうそちらを振り返る余裕もない。デュナルの力をもってしても、欠損を治すのは集中力を要する。

その後は、集会所の中へと移動し、次々に運ばれてくる怪我人の治療を繰り返した。

「次の方は……」

「デュナル、終わりだよ。今の男で最後だと、言っただろ？」

労るようなやさしい声でそう言われて、デュナルはそろりと顔を上げる。アルフレッドが心配そうにデュナルを見つめている。

「でも、まだ……こんなに……」

周囲には倒れて動かない人々が、まだいるのに。

「――……生きていた人はもうみんな助かったよ。デュナルが頑張ったから」

「でも……」

呆然と辺りを見回すデュナルを、アルフレッドが抱きしめる。デュナルはどうしてそんなことをされるのか、分からなかった。

ただ、呆然と目を見開いていた。

そんなデュナルに、男が一人近付いてくる。

「本当に、ありがとうございます。里を代表して、礼を言わせてください。あなたは……あなた方は我々の恩人だ」

そう言って頭を下げたのは、最後に治療をした男で、それはナディアの父でもある里長だったらしい。

意識はあったが、それなりに深い傷だった。治療する患者の順を決めたのもこの人物であり、この人は自分の治療を最後にしたのだ。

――ああ、そうか。本当に、終わったのか。

理解すると同時に力の抜けたデュナルの体を、アルフレッドがますます強く抱きしめる。

いつの間にか、とっぷりと夜は更けていた。魔王にすらなれたはずのデュナルの魔力は潤沢だったけれど、さすがに今回は随分と疲れている。ＭＰが見えるわけではないのではっきりとは分からないが、残り少ないのだろうというのは感覚で分かった。

「アルフレッド、デュナル、二人とも行きましょう」

ぼんやりしているうちに、話がまとまったらしく、マイネリーゼが声をかけてくる。

七人は集会所を出て、里にある宿泊施設へと案内された。こんなときだというのに、食事は十分に用意されていて、施設内は自由にしていいという。

家を失った人たちもいるだろうに、自分たちに部屋を提供して大丈夫なのだろうかと思ったけれど、エルフは里に住むもの全てが親戚であるため、むしろこんな夜だからこそ親しい者が集まって、無事だった家で過ごしているのだという。

デュナルたちは有り難く食事をいただき、各々の健闘をたたえた。それでもどこか空気がぎこちないのは、失ったものをみんなが目の当たりにしたからだろう。

アルフレッドやマイネリーゼ、ステラは少なくとも表面上は何もなかったように見えたが、デュナルを含む四人はそうはいかなかったのだ。

明日の出立時間などを確認したあとは早々に解散になり、デュナルも与えられた部屋へと入った。

ぽすりと、顔だけを横に向け、うつ伏せにベッドに倒れ込む。

「そっか……俺、助けられなかったんだ……」

そう呟いた途端に、目頭がじんと熱く痛んだ。零れ出る涙を止めることができないまま、デュナルはぎゅっとシーツを強く握りしめる。

今までデュナルは、自分の前に連れてこられた患者を癒やせなかったことは、一度としてなかった。

いや、今日だって、自分の前にいた患者は全て助けたはずだ。けれど、それは連れてこられなかった者は救えなかった、というのと同義だ。

今までだって、自分の手の届かない死などいくらでもあっただろう。けれど、あんなふうに同じ空間にいながら、救えないというのは初めての経験だった。

自分は、どれだけ己の力を過信していたのだろう。

そして、ここが現実だと知っていたはずなのに、ここまできてまたその事実に打ちのめされている。

ああ、自分はやっぱり平和ぼけしていたのだろう。

ここからますます魔王城が近くなり、戦いは過酷になる。被害を受けた村を通ることもあるはずだ。

こんな思いは二度としたくないと思う。できることならなるべく急いで、そして最短距離で魔王城へとたどり着き、少しでも被害を減らしたい。けれど、それがどれほどの無茶で、わがままかも分かっている。

自分は戦えるわけではないのだ。

ただ、みんなの傷を癒やすことしかできない。それをプレイヤーとして、更にはエリアーナのものとして外側から見ていたときは、素晴らしい能力だと思っていたし、今だって決して卑下しているわけではない。

それでも、自分が前に立って傷つくわけではないのだと思うと、日々痛みを堪えて戦う仲間に何が言えるだろう。

旅が始まる前にも、同じようなことを思った。でも、あれがどれだけ浮ついた気持ちだったのか、今ならば分かる。あのときは、道中で傷ついている人々のことなど、何も考えていなかった。

ただ、エリアーナを助けることだけが全てだったのだ。

でも、現実にはもっと多くの痛みや死があって、自分はそこから遠い場所にいる。

ゲームの中のエリアーナもこんな気持ちだったのだろうか。常に勇者やパーティの、そして他の人々の役に立とうとする健気で献身的なヒロイン。

けれど、その献身性を育んだのは、このような情けなさと歯がゆさだったのだろうか……。

そんなことを思っていると、ドアをノックする音が聞こえて、デュナルは体を起こした。

「デュナル、もう寝た？」

続いてそう訊いたのは、アルフレッドの声だ。言葉通りデュナルが寝ている可能性を考えたのだろう、静かな声だった。

「アル……」

その声が、あまりにも労りに満ちていたからだろうか。

何かが起きたのだろうかとも、部屋に来るのは毎晩のことだとも思わなかった。同時に今は誰とも会いたくないという気持ちも、なぜか凪いでしまう。

デュナルは袖口で乱暴に涙を拭ってから、腫れぼったくなった目元に軽く治癒魔法を掛け、ドアを開く。

「……入ってもいい？」

ほんの少し眉尻を下げて訊いてきたアルフレッドに、こくりと頷いてドアを離れる。

「適当に座って」

背後でドアが閉まる音を聞きながら、水差しの載った小机に近付く。

「水しかないんだけど……」

「いや、いいよ」

小さく頭を振りながらアルフレッドがこちらに近付いてきて、小机の横にあった椅子に腰掛ける。そして、そのままデュナルの腰を抱くようにして、自分の膝の上に座らせてしまった。

「お、おい、アル？」

突然のことに驚いて瞬く。けれど……。

「泣いてたんだね」

何をするのかと立ち上がるより前にそう言われて、デュナルはぴたりと動きを止めた。

「……どうして」

涙は拭い、目の腫れも治したのになぜ分かったのだろう?

「少し、濡れてる」

涙を拭った袖口を指摘されて、デュナルは羞恥に頬を染めた。泣いていたことだけでなく、子どものように袖口で拭ったことまでばれてしまったらしい。いい大人のすることではないだろうと思うと、気まずかった。

これで泣いてないと主張するのは、更に子どもっぽく思えて口を噤む。とはいえ、さすがにこの体勢はいただけない。いただけないと、思うのだが……。

「もう、放せ……」

多少力を入れて振り解こうとしてみたところで、相手は勇者である。デュナルの力で振り解けるものではない。

これではまるで、自分のほうが年下のようではないか。いや、いい年をした男同士である以上、年下ならば甘んじるという体勢でもないのだが……。

こんなとき、体の関係がすでにあるというのは厄介なものだと、初めて知った。普通に考えればおかしいはずなのに、アルフレッドの体温を感じることに不思議な安堵を覚えてしまう。

その上、アルフレッドは抱き上げるだけ抱き上げておいて、その後はぎゅっとほどよい強さ

で抱きしめたまま、何を言うでもないのだ。
デュナルの体から少しずつ力が抜けていったのも、仕方がないと思いたい。

「……助けられなかった」

やがて、先に沈黙を破ったのはデュナルのほうだった。

アルフレッドはそれでも何も言わず、ただ抱く手に少しだけ力を込める。そうだねと頷かれたら悲しかったし、そんなことはないと言われたらきっと反発したくなっただろうから、それでよかった。

もちろん、その感情が酷いわがままで、自分勝手なものであることは分かっている。それでも、今はきっとそうしてしまうから、黙っていてくれるのが有り難かった。

「――ずっと、人を治療することに携わってきたのに、俺は人の死にとても遠いところにいて……けれどそれはなんていうか、もとから選別されていただけなんだよな」

生きている者ならばどんなものでも救えると言われる、デュナルの圧倒的な治癒力。だが、すでに失われた者を救うことはできない。

そして、治癒魔法を使える神官は、基本的に冠婚葬祭などの儀式には関わらない。例外は神官長や副神官長といった役付の者で、彼らは王族などの儀式を司る。

生まれたばかりの頃から教会にいて、魔力の制御に成功してからは、ひたすらに治癒魔法だけを行ってきたデュナルは、死者を見たことすらほとんどなかった。デュナルの前に並ぶ患者は、死に瀕する者も多かったが、いつだってデュナルは、その者たちを死から遠ざけることができたのだ。

そんなデュナルが唯一身近に感じていたのは自らの死だが、それを回避するための日々が今に繋がっている。つまり、唯一のそれすらも遠ざけてきたのだ。

だから、こんなふうに手から零れ落ちるように失われていく命をたくさん見たことがショックだったのだと、デュナルはぽつりぽつりと言葉にしていく。

「もう、こんな思いはしたくない……けど、ここから魔王城に着くまでの間には、もっと酷いことになっている場所も通るだろう。そこではまた、俺の力では救えない人がたくさんいるんだ。……こうしている間にだってきっと」

たくさんの命が、失われている。

「そう思うと気ばかり焦って……ごめん。俺は戦えないのに」

「――――出発の前にも言ってたね」

黙り込んだデュナルに、アルフレッドがようやく口を開いた。

その言葉に、あのときは今のように多くの人の命を憂いていたわけではなかったのだと、デュナルは情けなさに唇を噛む。

けれど……。

「デュナルは、自分は戦えないって言うけど、俺に力を分けてくれてるのはデュナルだよ。デュナルからもらった力で戦ってるんだから、デュナルが戦ってるのと同じだ」

「アル……」

アルフレッドが、そんなふうに思ってくれているとは思わなかった。

「それに、前も言ったけど、俺が安心して戦えるのは、デュナルが治してくれると思うからだ。デュナルはいつだって、俺を救ってくれてるよ」

その言葉に、胸がぎゅっとして、デュナルは目が潤むのを感じた。

「……本当に？」

「うん、本当」

はっきりと頷かれて、デュナルはゆるゆると心の奥の強張りが解けていくような心地になった。

同時に沸き上がってきたのは気恥ずかしさだ。

デュナルは、自分が誰かに慰めてほしかったのだと気付いてしまった。情けない話だとは思うけれど。

もちろん、アルフレッドの言葉に対して、本当にそうだろうかと懐疑的に思う自分もいる。

だが、少なくともアルフレッドの言葉に嘘はなく、彼がそう思ってくれていることだけは信じられた。

――それならば、少しでも力になりたい。

「ありがとう、アル。それで、その……そう言うってことは、今夜も俺でいいのか？」

だから、初めて自分からそんなふうに、誘うような言葉を口にしてしまった。

アルフレッドは少しだけ目を瞠って、それから狼狽えるように視線を彷徨わせる。

「……デュナルが、いい」

そう言ったアルフレッドの頬は、ほんのりと赤くなっているように見えた。


デュナルは、先ほどまで一人で泣いていたベッドに押し倒されていた。ボタンの外されたシャツははおったままで、下半身は下着すら着けていない。

「あ……っ、ん、ん」

うつ伏せにされ、腰だけを高く上げられた状態で、アルフレッドの指が、ゆっくりと中へと入り込んできた。

魔法で洗浄したそこはきれいになっているはずだけれど、やはりこの瞬間はどうにも落ち着かないなと思う。

時間に余裕があるときなどは、そんなことが考えられないほど快楽に溺れきってしまっているときもあるし、なんにせよアルフレッドのものが入ってきてしまえば、そんなことを考える余裕もなくなるのだけれど……。

今夜のアルフレッドはいつもより性急だった。指の本数はすぐに増やされて、すぐにでも入れたいと訴えるように、中を広げるために動く。

だが、毎晩アルフレッドを受け入れている場所は、あっさりと指を呑み込み、痛みではなく快感を伝えてきた。

「ここも、随分と柔らかくなったな」

「あ……っ」

指を動かされて、びくんと腰が跳ねる。自分のいいところなんて、もうとっくにすべてアルフレッドに暴かれていて、アルフレッドがその気になれば情欲に火をつけるのなんて簡単なのだろう。

「ひ、あっ、あ…っ」

中を弄られるたびに、いやらしい声がひっきりなしに零れる。今にも崩れてしまいそうなくらい、膝が震えていた。

「本当はもっと可愛がってあげたいけど……」

「んぅっ……」

ずるりと指が抜かれ、腰を摑まれる。指の入っていた場所にアルフレッドのものが押し当てられるのを感じ、そこがひくりと震えるのが分かった。

「アル……っ」

「今夜は我慢できない。けど、痛かったら言って。できるだけ、止まるようにする」

「あ、あぁ――――……！」

腰を押しつけられて、太いもので中を広げられる。

「あ、あん……っ、あ、あ、あ……っ」

奥まで突き入れられたかと思ったら、すぐさま激しく抜き差しされた。中を擦られると堪らないくらい気持ちよくなってしまうことが恥ずかしい。

けれど、そんな羞恥もすぐに快感に塗りつぶされ、拡散していく。

しかも、ここが快楽の終わりではないことを、デュナルはいやというほど分かっていた。むしろまだ、始まったばかりだ。

「あ、あ、あぁっ……あん……っ」

中を擦られ、かき混ぜられて、ひっきりなしに蕩けた声が零れる。肌のぶつかる音がするほどに激しく攻め立てられても、苦痛などひとかけらもない。

どうして、こんなに気持ちがいいのだろう。

「ひ、あっ、あっ、あぁっ！」

だが、いつもより少し荒々しい動きに翻弄されて、デュナルは強くシーツを握りしめた。

今夜はまだ触れられていなかった場所が、うしろへの刺激だけで先走りを零している。

そこに、アルフレッドの手が触れた。

「や、だめ……っ、も、あ、あぁ……っ」

軽く握られて中を突かれるのと同時に扱かれると、自分でもあっけなく思えるほどの早さでイッてしまう。

かくりと膝から力が抜けたデュナルの体から、まだ固いままのアルフレッドのものが抜き出される。

そのまま今度は仰向けにされて、足を持ち上げられた。

「あ、あ――――っ！」

イッたばかりで敏感になっている場所に再びアルフレッドのものが入り込んでくる。

つま先をぎゅっと丸め、摑まれた膝を震わせる。

「は、は、あん……アル……っ」

快感に流されて、自分というものがどこかに行ってしまいそうな気がして腕を伸ばす。アルフレッドの首に、腕を巻き付けるように抱きついた。

「デュナル……っ」

ぎゅっと抱きついたせいで、大きな動きはできなくなった代わりに、深い場所をとんとんと突くような動きになる。

「あ、んっ……ん、んっ」

同時に唇をキスで塞がれて、逆に逃げ場をなくしただけだと気付かされる。

奥を突かれるたびに、ひくひくと体の奥が震えて、アルフレッドのものを締めつけた。そうして狭くなった場所をかき混ぜられると、酩酊にも似た快感がある。こんなとき、自分の体がすっかり変わってしまったと強く感じる。

アルフレッドに抱かれることにすっかり慣らされて、うしろでの快感をより強く感じるようになってしまった。

けれど、なんで自分なのかとはもう思わない。少しでも力になれているのならそれでよかったし、今夜はそのことを免罪符のように感じていた。

もちろん今までも、この行為がアルフレッドにバフを掛けているのだ、ということは理解していたけれど、求められて、最も有用なものだからと仕方なく相手をしていただけだ。

今のように、自分にその役目があってよかったと、心から思うようなことはなかった。

「あっ……あぁ……っ」

一際奥まで突き入れられて、中に注がれる。その刺激に、デュナルはびくびくと体を震わせた。前からは何も出ていないのに、絶頂に達したかのような激しい快感を覚え、心臓が耳の傍で鳴っているように感じる。

「デュナル――」

アルフレッドが何かを言っているけれど、心臓の音と激しい呼吸の音で上手く聞き取れない。

けれど、その目にはぞくりとするような情欲があって……。

もう一度と望まれているのだと感じたデュナルは、アルフレッドのたくましい腰に、震える足を絡ませたのだった……。

いる。

◇

「デュナル、大丈夫？」

アルフレッドにそう訊かれたのは、夕食の片付けをしているときだった。

ナディアを迎え、ますます賑やかになった女性陣は、近くにあった美しい泉で水浴びをしている。

もちろんゲームにもあったシーンだが、デュナルはもうゲームとの相似について考えることが憂鬱になりつつある。

あの、エルフの里での夜に思った通り、その後の旅路はより残酷なものになり、ゲームのことを考えるのは現実の惨さから目を逸らすようでいやだったのだ。

だが、それでも一つだけ、考えずにはいられない事柄がある。

それは、対魔王戦のことだ。

――どうすれば、エリアーナを助けられるだろう？

いよいよ魔王城が近付くにつれ、デュナルの頭にはその疑問が浮かぶことが増えた。

となればやはり、あのときゲームで何があったかを思わずにはいられない。

ゲームでは、魔王を聖剣で斃すと、一度はデュナルの姿に戻った。体から抜け出たのだろう魔王は黒い靄のようになり、聖剣がその靄にとどめを刺すのだ。だが、デュナルが助かる描写はなく、その後に触れられることもない。あくまで想像ではあるけれど、おそらくそのまま死んだのではないかと思う。

それが、エリアーナの治癒力ではデュナルを救えなかったのか、それとも救う間もなく事切れたのかは分からない。

旅が始まる前は、自分ならきっと助けられると思っていたけれど、今はそんな根拠のない自信は湧いてこなかった。

そもそも魔王を斃し、エリアーナに戻った瞬間に治癒すればなんとかなるのか、それ以前に、魔王と同化した体は治癒を受け付けないのかも分からないのだ。もし後者だとしたら、魔王を斃せばエリアーナも死んでしまう。

だからと言って、傷つけずに魔王だけを追い払うことなどできないだろう。結局は、できることをやるしかない。全力で治癒魔法を掛けるしかない。そう分かっていても、不安になって思考は堂々巡りを続けてしまう。

「デュナル……？」

「え？　あ、ごめん、少しぼんやりしてた」

呼ばれたのに、また考え込んでしまっていた。

アルフレッドはそんなデュナルに小さくため息を吐いて、再び口を開く。気付くと片付けはすでに終わっていた。

「何かあった？ 食事もあまり食べてなかったし」

「そう、か？」

言われてみれば、あまり食が進まなかった気もする。

今日は久々にあまり戦闘もなかったから、逆にいろいろ考えてしまったのかもしれない。

女性陣が水浴びに行っているのも、泉から清浄な空気を感じるとナディアが安全を保証したためだったりする。エルフの特性の一つらしい。

どうやらそこは精霊の加護が強い泉らしく、魔物の増えたこの森の中でも、未だに泉を守り続けているという。

「何か心配なことでもあるの？」

「……魔王城が近付いているから、ついいろいろ考えちゃうんだろうな」

デュナルはそう言って、どうにか微笑む。

「心配なのは聖女のこと？」

じっと自分を見つめてくるアルフレッドにそう訊かれて、どきりとした。

そして、それはアルフレッドにも伝わってしまったようだ。これはもうごまかせないだろうと分かる。

「――もうすぐだと思うと、やっぱりな」

とは言っても、乗っ取られているのかも、という話が出たというだけで、それが確定であることを知っているとは言えないし、もちろんどうして知っているのかも説明できない。

前世の記憶があり、ここはゲームの世界だなどと言えるはずもない。

だから、それ以上伝えられることは何もなく、デュナルは黙り込んだ。

だが、沈黙を気まずく思うより前に、泉から女性陣が戻って来たらしい。近付いてくるざわめきに、少しほっとする。もちろん、森の中ということもあって、大声で話しているわけではないのだが、女性が六人もいるので多少の気配は届く。

「お待たせしました。お二人も行ってきてはどうですか？」

マイネリーゼの言葉に、アルフレッドがこちらの様子を窺うのが分かった。

けれど、今から二人で水浴び、というのはさすがに気が進まなくて、デュナルは頭を振る。

「アルは行ってきていいよ。俺に遠慮しなくていいからな。アルなら一人でも問題ないだろうし」

デュナルの言葉に、アルフレッドがわずかに眉を寄せる。さすがに露骨に避けすぎただろうか？

「ねえねえ、だったら、お酒でもどう？　ここは本当に安全みたいだし」

空気が気まずくなるより前にそう言ってくれたのは、ミッチェだった。ほっとしたけれど、その提案には少し困ってしまう。

「え、えぇと、少し考えたいことがあるので……」

「あんまり考えすぎるのもよくないよ！」

ローズが大きな声でそう言ったので、デュナルは少し驚いた。レーナがすかさず、大声を出さないようにと窘めている。この二人は随分と仲良くなったと思う。

「ありがとう。でも、お酒は……旅の終わりまで取っておきます」

「そっかぁ……」

ミッチェもローズも、それどころかレーナにまでどこかしょんぼりされて、デュナルは内心戸惑う。けれど、女性陣の飲み会に参加するのは、やはり気が引けるし、そういう気分でないことも確かだった。

けれど、嬉しくないわけでもない。

「誘ってくれるのは、とても嬉しいですよ。ありがとう」

素直にそう言うと、三人が顔を見合わせて笑う。

「あなたたち、無理強いするものではないわ」

「デュナル、ここはいいから先に休め」

「ありがとうございます」

マイネリーゼとナディアの言葉に、礼を言ってデュナルは先にテントの中へと戻ることにする。テントは一応一人用だが、ほとんど二人で使っているようなものだ。みんなが寝る頃には、アルフレッドがやって来るのだから……。

でも、そのときは話をしに来るわけではないのだから、きっと大丈夫だろう。翌日のことを思えば時間などなく、いつだって少し性急に体を重ねてしまう。

それをいやだとは思わない。自分に役割があることにむしろほっとして、そのあとは気持ちいいことしか考えられなくなる。

そのときだけは何も考えずに済む。

――それなのに。

「……遅いな」

すぐに来られても困ったけれど、今夜は少し遅い気がする。

ミッチェたちが酒を飲んでいるようだから、それに付き合っているのだろうか？

アルフレッドが？　そんなことあるだろうか？

テントは馬車を挟むようにして、いくつかに分かれて張られている。最初は一人一つ用意されていたけれど、ミッチェとローズが魔道具に詳しく、改造などもできるようで、最近では内部の広さを変えて、何人かで一緒に使っている夜もあるようだ。

防音の魔道具が付いているため、外の音は聞こえるけれど、中の音は外には聞こえないようになっている。だから、テントの中で酒盛りが行われていたとしても聞こえることはなく、外はしんと静まり返っている。

なんとなく不安になって、デュナルはそっとテントを出た。

テントの中では随分静かに感じたけれど、外に出て耳を澄ませば、森の中特有のざわめきがある。木の葉が風に擦れる音や、時折響く何かの鳴き声。ざわめいていて、けれど静寂だと感じる、不思議な感覚だった。

魔道具で結界が張られているため、見張りなどをする者はいない。魔物が近付けば、すぐに警戒音が鳴り響く造りだ。デュナルはちらりとアルフレッドのテントへと視線を向ける。

中にいるのだろうか？　分からない。

先ほど自分が避けたせいで、来にくいのだろうか？

ならば、自分のほうから訪ねるべきなのか……。

どうしようかと迷っているうちに、緊張もあってか喉が渇いた気がして、馬車に飲み物を取りに行くことにした。

けれど……。


「――――でしょ？」


不意に強い風に紛れてどこからか声が聞こえ、デュナルは足を止めた。

すぐにそれが、馬車の中からだと気付く。どうやら、中に誰かいるらしい。声はおそらく、ミッチェのものだった気がするけれど……。

「ミッチェがだめなら、あたしでもいいのよ？」

続いて、先ほどよりはっきりと聞こえたのは、ローズの声だった。

そして……。

ぼそりと落とされた声。それは、間違いなくアルフレッドのもので……。

「なんのつもりだ？」

「だから、今夜だけ！」

「相手が私でもいいでしょ？　ローズでもいいけど……あ、二人ともにする？」

それに、アルフレッドがどう答えたのかは聞かなかった。

デュナルは急いでその場を離れると、テントの中へと戻る。

「何……今の……」

毛布の中に潜り込んでから、ぽつりと呟く。

――今夜、相手、ミッチェかローズか、二人ともか……。

今の会話はまるで、二人がアルフレッドに誘いを掛けているかのようだった。

「え、ええと……ミッチェはシーフだから素早さで、ローズは踊り子……」

踊り子のバフはなんだっただろう？

確か、運だっただろうか。

素早さと運。それで大丈夫なのだろうか？

できるだけ冷静になろうとそんなことを考えながらも、自分が必死に冷静になろうとしていることに気付いてぎくりとする。

「どうして、俺……」

こんなに、必死になっているのだろう？

胸がどきどきしているだけでなく、鼓動と同じくらいの激しさでズキズキと痛みを訴えている。

不安で、胸がすうすうする。

自分がアルフレッドに抱かれているのは、バッファーに……バフを与える存在になることで、戦闘に貢献するためだ。

あの日、アルフレッドがそう言ってくれたから……。

だから、その役目を取られることが怖い、のだろうか？

もちろん、治癒魔法がまったく貢献していないとは思っていない。けれど、バフを与えることで戦えないデュナルの分もアルフレッドが戦ってくれていると思えることは、デュナルの心にとって重要なことだった。

選ぶのは、アルフレッドだ。

アルフレッドはこれまで、デュナル以外のメンバーからバフをもらったことはない。

だから、一度別のバフを試すことだって、悪いことではないはずだ。

少なくとも、あの二人は自分から誘いを掛けるくらいだから、負担には思っていないのだろうし。

けれど、それでデュナルでなくてもいいのだと思ったり、女の子のほうがいいと気付いてしまったりしたら……。

そんなことを考えていると、ぽすぽすとテントの入り口を叩く音がして、デュナルはハッとする。

「デュナル」

アルフレッドの声に、デュナルはほっと息を吐く。あのあとどういう返答があったか知らないが、アルフレッドはいつも通りデュナルを訪ねることにしたのだろう。

そう、思ったのだけれど……。

「今夜はいいから、ゆっくり休んで」

「え……」

思いがけない言葉に、デュナルはひゅっと息を呑んだ。

言葉の意味が、頭に上手く入ってこなくて、デュナルは混乱のあまり身じろぐことすらできなかった。

「一応言っておいたほうがいいと思って。……お休み」

そうして、デュナルが何か行動するより前に、アルフレッドはそう言うとテントから離れていく。

「あ、アル……」

思わず呼び止めるように名前を呼んでしまったけれど、防音魔法によって、テント内の音は外には聞こえない。

当然、アルフレッドが足を止めることもなかった。

デュナルはのろのろと体を起こすと、迷いに迷ってそっとテントの入り口の布を捲る。けれど、すでにそこには誰の姿もない。

アルフレッドがどのテントに入ったのかも、分からなかった。

ミッチェだろうか。それともローズだろうか。

「っ……」

考えた途端、胸の奥が苦しくなって、デュナルは両手で胸を押さえる。

先ほどまで感じていた不安よりもずっと強く、暗い感情が渦巻いて息苦しくすら感じる。

いやだ、と思った。

アルフレッドが彼女たちに触れているのだと考えるだけで、叫び出したくなる。

それを必死に堪え、デュナルはテントの入り口の布から手を離すと、ずるずると横たわった。

毛布を被り、ぎゅっと唇を嚙む。

魔道具でもあるテントの床はベッドと同じように柔らかく、室温は適温に保たれている。

けれど、夜になれば近くにあった体温がないというだけで、どこか寒さを感じて、デュナル

はきつく毛布を体に巻き付ける。

結局、その後、朝になるまでデュナルはまんじりともすることはなく、アルフレッドがデュナルのテントを訪(おとず)れることもなかったのだった……。

◇

「真ん中は俺が行くよ」

「分かりました」

「了解！」

　アルフレッドの言葉にいくつもの声が応えるのを聞きながら、デュナルはアルフレッドが向から先へ視線を向ける。

　そこにいるのは女性の上半身と、蛇の下半身を持つ巨大な魔物だ。それに従うように、周囲にはその半分ほどの大きさを持つ蛇の魔物が複数いる。

　マイネリーゼが魔法を、ナディアが弓を撃ち込んで蛇たちを引きつけた。その間にアルフレッドは、魔物が放つ魔法を巧みに避けながら肉薄し、剣を振るう。魔物は斬りつけられたことで怒り狂い、アルフレッドをその巨大な尾で打擲しようとした。だが、アルフレッドは後方に飛び退り、易々とその攻撃を回避する。

　それは、いつもとあまり変わらない動きに見えた。そのことに、デュナルは複雑な思いを抱いてしまう。

　特に問題がなさそうなことにほっとしつつ、自分のバフでなくとも問題がないことに対する落胆にも似た感情を覚えた。その上更に、昨夜は結局ミッチェとローズのどちらにしたのか、あるいは両方なのかという下世話としか言いようのない疑問までが浮かんで、ぐちゃぐちゃに絡み合っている。

きっと、アルフレッドが与えてくれた、バフによって戦闘に参加しているという免罪符を取り上げられたことが原因だとは思う。けれど、だからと言って自分以外の相手を選ぶなどというのはおかしな話だ。アルフレッドが満足に戦えていることが一番大切なことだろう。

そんなことを思ううちに、戦闘はあっけなく終了した。大きな怪我をしたものもおらず、デュナルは安堵する。だが同時に、やはり自分の力なんて本当はいらなかったのでは？　と思ってしまうのも事実だ。

「お疲れ様でした」

けれど、ショックを受けていると思われたくなくて、どうにか笑顔を作り、みんなを労う。そして、全体への治癒魔法を掛けてささやかな傷を癒やした。

「ありがとう」

左腕に打撲痕のあったステラが、微笑んでそう言うと擦り傷程度であった者たちも口々に礼を言ってくれる。

デュナルは恐縮して、慌てて頭を振った。

「この程度の魔法なら、たいしたことではないですから。……あまり怪我もなくてよかった」

そう言って微笑みながらも、どうしてもミッチェとローズを見ることができず、視線を逸らしてしまう。

「……この辺りの敵はまだ問題なさそうだな」

アルフレッドの言葉にみんなが頷いている。確かに端から見ていただけでも、余裕がありそうだった。会敵の回数は増えているが、いわゆる強敵というような相手には出会っていない。人数が増え、連携も取れているし、レベル――熟練度も上がっているのだろう。ゲームでも、戦闘で苦労することなどなかったのだ。

そして、余裕があるのなら、ＨＰを増やし状態異常を防ぐといった、防御面を高める自分のバフより、攻撃面を高めるバフのほうが効率がいい。それは分かりきっている。素早さはもちろん、運……もないよりはあったほうがいいだろう。

だから、アルフレッドが自分ではなく、ミッチェやローズを選んだとしても、それは当たり前のことだ。

そう頭では分かっているのに、自分が必要ないと思えばどうにも情けなく、そのせいかズキズキと胸までが痛んでくる始末だ。

けれど、こうしていても仕方ない。

「とりあえず、大丈夫なら先に進みましょうか」

凹んだ気分を振り払うようにそう言うと、女性陣が何やら目交ぜして頷く。なんらかのアイコンタクトだったことは分かるけれど、デュナルには内容までは分からない。

「あの……？」

「デュナル、あなたまだ疲れが抜けていないのではない？」

マイネリーゼの言葉にぱちりと瞬く。

「え？　いや、そんなことは……」

昨夜はほとんど眠れなかったとはいえ、体調自体は治癒魔法で整えているから問題はないと思うのだけれど……。

「いえ、そうに違いありません」

「そう、ですか？」

レーナにまで言われて、デュナルはなんとなく自分の頬を手のひらで擦る。やはり自分は表情に出過ぎているのではないかと不安になった。いや、疲れてはいないのだけれど、元気なのかと言えばそうではなくて……。

「今日は御者台ではなく、馬車の中にいるといいわ。御者はアルフレッドに任せます。アルフレッドもそれでいいですね？」

ステラの言葉に、アルフレッドを見ると、アルフレッドはわずかに眉を顰めたものの、デュナルを見てすぐに頷いた。

実を言えば、アルフレッドにも朝一番に、あまり眠れなかったのかと問われたのだ。もちろかもしれない。
ん否定したし、むしろぐっすり眠ったと嘘まで吐いたのだが、この調子だと見抜かれていたの

それでも問い詰められるようなことにならなかったのは、強くはないとはいえ、立て続けに魔物の襲撃があったためだ。

なのにまさか、女性陣に詰められることになるとは……。

「ですが、あの、アルは戦闘をしたばかりで……」

何もしていない自分が御者を務めるべきではと思うけれど、そうだとしても結局アルフレッドは御者台に上がってくるのだ。

今も、すでに御者台のほうへと足を向けてしまっている。

「さあ、デュナルさんは中へ入ってください」

レーナに背中を押されるように馬車の入り口へと追いやられ、結局逆らうこともできずに乗り込んでしまう。本当は、ミッチェやローズと距離が近くなる馬車内には行きたくないのだけれど、アルフレッドの隣が居心地いいかと言われれば、それも微妙ではある。

などと思っているうちに、馬車が動き出す。

馬車の揺れはささやかで、前世で自動車に乗っていたときよりも滑らかに感じる。

デュナルが動いている馬車の中にいることは、これまでほとんどなかった。改めて、こんなにも揺れないものなのかと驚く。

馬車があまり揺れないのはケルピーが地面そのものではなく、その上に一枚特殊な場を敷くようにして走るためらしく、御者台も普通に比べれば揺れは非常に少ないし、道の状態にも左右されない。

だが、馬車の中はその上で椅子のクッション性が優れているためか、御者台より更に揺れは小さく感じた。

だが、そんなことを思っていたのはほんの少しの間のことだ。

「デュナル……」

名前を呼ばれてそちらを向くと、ミッチェがなぜか泣きそうな顔をしていた。けれど、今日ずっと避けていたミッチェの存在に、デュナルは思わずぎくりと身を竦める。ミッチェは何かを言いあぐねているのか、迷うように口を開けては閉じるのを繰り返した。

その脇腹を、ミッチェの隣に座っていたローズが肘で突く。

「もう、あんたが自分から言うって言ったのに」

「そう、だけどぉ」

眉を下げるミッチェに、ローズが呆れたようにため息を吐き、それからデュナルに視線を向ける。

「ごめんね」

そうして最初に掛けられた言葉は、謝罪だった。

「……何がです？」

もちろん、面子的には昨夜のことかと思わなくはないのだが、謝られる理由がない。第一、あれはデュナルがうっかり聞いてしまっただけで、二人はデュナルが聞いていたことを知らないはずだ。

「あたしたち、随分余計なことしちゃったみたいだから」

「余計なこと？」

デュナルの問いに、ローズは一つ頷いて、口を開く。

「昨夜さ、あたしたちでアルフレッドを引き留めたのよ。デュナルが疲れてるみたいだからって。毎晩毎晩じゃ、さすがに大変でしょ？」

あけすけな物言いに、一瞬何を言われたのか分からず固まってから、デュナルはカッと頬に血が上るのを感じて俯く。何が大変なのかは、言葉にされるまでもない。

「あたしは気に入れば客を取ることもあるし、ミッチェもそういうのこだわらないタイプだから……まぁアルフレッドは悪い奴じゃないし、顔もいいし、デュナルがゆっくり休めるなら一晩くらいはいいかなってそれだけだったのよ？　本当よ？」

「は、はぁ……」

念を押すように言われて、戸惑う。

そう言えばローズは踊り子であり、経験も豊富な設定だったし、ミッチェも性に奔放なタイプとされていた。だからこそ、昨夜見た光景にも特に違和感はなかったのだ。

しかしながら、自分は一体何を聞かされているのかと目を白黒させていると今度はミッチェが口を開いた。

「さ、最近ずっとデュナルが疲れてるみたいだったから、アルフレッドは体力ありそうだし、その、夜が大変なのかなって思ってさ。でも余計なことだったんだよね！　ごめんっ！　反省してるから許してぇ！」

ミッチェに泣きながら頭を下げられて、デュナルはもうどうしていいか分からなかった。

一体これはどういう状況なのか？　なぜ自分は女性陣に囲まれて、二人から謝罪を受けているのか？

「あなたたち、肝心なことを話していないわよ」

デュナルがひたすらに戸惑っていることに気付いたのだろう。マイネリーゼが苦笑しつつそう口にする。

「昨夜、結局アルフレッドは二人のところには行かなかったらしいの。もちろん他の子のところにも」

「あっ」

「そう！　そうなんだよ」

ミッチェがハッとしたように声を上げ、ローズが激しく頷く。

「――そうなんですか？」

その言葉に驚いて、デュナルは目を瞠る。

正直、考えてもみないことだった。その可能性はあったのに……。

アルフレッドは旅の前日から毎夜、欠かすことなくデュナルの下を訪れていたから、バフを得ることは必須なのだと思い込んでいたのだ。

けれど、アルフレッドは昨夜、誰の下にも行かず、一人で眠ったらしい。

そう聞いた途端、安堵のあまり自分でも驚くほど体から力が抜けた。

思わず、口から深いため息が零れる。

そんな自分を女性陣が笑みを浮かべて見つめていることに気付いたのは、誰かがくすりと笑い声を立てたからだ。

顔を上げれば、ミッチェ以外のみんながどこか生暖かいような目で、自分を見つめている。

ミッチェは涙目で懇願するようにデュナルを見ていた。デュナルはなんとなく居たたまれない気持ちで、目を泳がせる。

「安心したみたいね？」

ローズが愉快そうに言い、ミッチェがじっとこちらを見つめてくる。

「じゃ、許してくれる？」

「……許すも何も、どうして謝るのです？　ミッチェさんは何も悪いことをしていないじゃないですか」

それどころか、デュナルのためを思ってのことだったのだ。

「よかったぁ……」

デュナルの言葉に、ミッチェが安堵したように息を吐く。

「デュナル今日ずーっと私のこと避けてるから、もう、めちゃくちゃ怒ってると思ったよ……嫌われたのかなって……」

「怒ってなんていませんよ。もちろん嫌ってもいません」

とはいえ、避けていたのは事実だったので少し気まずい。

「全く……だからやめろと言ったのです」

そう言ったのはレーナで、マイネリーゼは頬に片手を当てて頷いている。どうやらレーナたちは事前にミッチェたちの行動に異を唱えていたらしい。

「だって、断れないだけなんだと思ってたんだもーん！」

そう叫ばれて、少し引く。確かに、最初はその通りだったのだが……。

「ええと、その、ご心配をおかけしたようですが、も、問題はないというか……」

いくら何でも、その認識を放置してはアルフレッドに申し訳ない。今となっては、デュナルも望んで応じているわけだから。

とは言え、それをはっきりと口にするのはどう考えても恥ずかし過ぎて、デュナルは口ごもってしまう。

だが……。

「私らはデュナルの味方だからね！」

「ええ、いつでも力になりますわ」

唐突（とうとつ）にミッチェとマイネリーゼが力強い口調で言い、全員がうんうんと頷く。

それがどういう意味なのか、デュナルはすぐには分からず、ぱちぱちと瞬（しばた）いた。

味方ということはすなわち敵もいるということであり、流れからするとそれはアルフレッドということになる。

ヒロインであるはずの彼女たちが、全員敵に回っているというのはどういうことなのか。

「アルは敵ではないと思いますが……」

おそるおそるそう言うと、彼女たちは顔を見合わせて笑う。

「そりゃ敵じゃないけどね」

「けれど、デュナルに対して行きすぎていると感じることもありますし……」

ローズの言葉にレーナがため息を吐（つ）く。

「いくら何でも毎晩とは……好いた相手でも嫌な日もあるだろう？」

そして、わずかに眉（まゆ）を寄せたナディアのその言葉に、デュナルはぽかんと口を開けた。

「……は？」

好いた相手？

その言葉が、デュナルには理解が及ばなすぎて、呆然とする。

さっきの敵という言葉にも驚いたが、それ以上に驚いている。

だって、それはつまり、彼女たちはみんな、自分がアルフレッドを好きなのだと、そう思っているのだ。

「そ、そんなわけ……」

ないと言おうとして、はくりと空気を食む。

顔が異様に熱く、心臓がうるさいほど高鳴っている。

自分の体の反応が、信じられず混乱する。

誤解されて焦っているのだと思おうとしたけれど、それがもう無駄であることも分かっていた。

――アルフレッドが好き。

いつからなのか全く分からない。

けれど、そう言われれば、腑に落ちることもある。

昨夜、アルフレッドが自分ではない者を抱いているのだとそう思ったときの、あの叫び出したくなるような気持ち。

そして、昨夜は誰の下も訪れなかったと知ったときの、体中の力が抜けるような安堵。

自分がバフ要員として必要にされなかったからというだけでは説明が付かないほどの、強い感情が恋情ゆえだったとするならば……。

ようやく混乱が収まってきたデュナルがそっと顔を上げると、目が合ったマイネリーゼが品良く微笑む。

「落ち着きまして？」

「……はい。ええと……ご心配をおかけしてすみません。ですが、どうして、その……分かったんでしょう？」

自分だって、たった今、自分の気持ちに気付いたというのに。

「そんなの……」

「ねぇ？」

女性陣が顔を見合わせて笑ったり、肩をすくめたりする。

「ゆっくり休めたかなと思ったのに、あんなに落ち込んでたら普通気付くでしょ」

代表するように言ったのは、ローズだ。

ローズとミッチェは、一晩明けてデュナルがすっかり弱っている様子を見て、デュナルが義務感からではなく、好意を持ってアルフレッドの相手をしていたのだと考えたらしい。そして、それをすぐさま他の仲間にも共有した結果、間違いないということになり、更に前々からそうなのではないかと疑っていたマイネリーゼとレーナには、余計なことをしないように言ったのにと怒られたという。

「前々から……」

おそらくだが、彼女たちはデュナルが後方支援しかできないことを悩み、バッファーをすることで少しでも役に立ちたいと考えていると知らなかったからこそ、すぐにその視点になったのだろう。デュナルが進んでアルフレッドに抱かれているのなら、そこには恋情があるのだろうと。

逆に、デュナルはそのせいで自分の気持ちを見誤っていた。

「とにかくさ、なんかあったらいつでも相談してよ」

「愚痴でもなんでも聞くからね。あたしたちは、いつもデュナルに助けられてばかりなんだから」

そんなふうに言ってくれる彼女たちのやさしさに、どうにも恥ずかしさを覚えたものの、嬉しくないわけではない。

「――……ありがとうございます」

デュナルはそう言って、そっと微笑んだ。

「ん……」

心地よい揺れを感じていたデュナルは、どこかに下ろされるのと同時に何かひやりとしたものが頬に当たる感触を覚えて目を開けた。

いつの間にか眠っていたらしい。視界に入る見覚えのない壁をぼんやり見つめると背後で足音がした。

ごろりと寝返りを打ちそちらを見ると、ほのかな明かりに照らされた室内に、アルフレッドの後ろ姿が見えた。眠ってしまったデュナルをここまで運んできてくれたのだろう。

「アル……」

ぽつりと呟くように名を呼ぶと、アルフレッドの足が止まる。呼び止めたつもりではなかったけれど、アルフレッドが振り返ったことに、なぜだかほっとした。

ゆっくりと体を起こす。

なんだか不思議な造りの部屋だった。木でできた壁は湾曲しており、そのまま天井まで繋がっている。優美な曲線を持つ木製の家具が、いくつか置かれている。

枕元のランプだけが光源だったが、そのランプは見慣れた魔石のランプではなく、ガラスのような透明な容れ物の中に発光する花が入れられていた。

「アルが運んでくれたんだよな？　ありがと。ここは……？」

「エルフの集落の一つらしいよ。ナディアが案内してくれたんだ」

「へぇ……」

ここはハイエルフと呼ばれる、エルフと精霊の間と言ってもいい種族の集落で、エルフでなければその入り口を見つけることすらできないという説明を受け、なるほどと頷く。

あまり記憶にないのは、デュナルがゲームでナディアを攻略したことがないせいだろう。

ひょっとしたら、好感度次第では一度くらい来たことがあるかもしれないが、覚えていなかった。

「何か食べる？」

そう訊かれてから、すでに窓の外が真っ暗であることに気付く。どうやら寝ている間に夕食の時間も終わっていたようだ。

まぁ昨夜は一睡もしていなかったから、ほっとして熟睡してしまったのだろう。みんなも敢えて起こさずにおいてくれたらしい。

デュナルは自分の腹を軽く撫でたけれど、ずっと寝ていたせいか特に減っている気はしなかった。

「朝まで持ちそうだから、いいかな」

「そう、ならよかった。あ、でも、これは勝手に食べていいらしいから」

言いながらアルフレッドが指さしたのは、籠に入った木の実のような、フルーツのようなものだった。

見たことのないものだが、おそらくエルフたちが振る舞ってくれたものなのだろう。

デュナルが頷くと、アルフレッドは再び部屋を出ようとする。

「え、アル、どこか行くのか？」

「……昨夜は休めなかったみたいだから、今夜こそゆっくり休んで。――俺だって、デュナルがしんどいなら無理させようとは思ってないから」

その言い方に、自分のいないところで女性陣に何か言われたのかもしれないと思う。

けれど、デュナルは昨夜一人で毛布に包まりながら感じた肌寒さを覚えていた。

「だったら一緒に寝てくれ」

咄嗟にそう口にした自分に、デュナルは驚く。けれど、アルフレッドはそれ以上に驚いたようだ。

「は？」

大きく目を瞠り、呆然とした様子のアルフレッドに、デュナルは慌てる。けれど、取り消す気にはなれなかった。

「い、一緒に寝るだけだから」

デュナルの言葉に、アルフレッドはハッとしたように瞬き、それから軽く眉を顰める。

「だめならいいんだけど――」

「だめじゃない」

アルフレッドはデュナルの言葉を遮ってそう言うと、ため息を吐いたもののベッドまで戻ってきてくれた。そのことが嬉しくて、デュナルは微笑む。

自分の心の動きに、ああ、本当に自分はアルフレッドが好きなんだなと思いながら、デュナルは奥にずれてアルフレッドを迎え入れた。

「……明かりを消すよ」

頷くと、アルフレッドがランプに手で触れる。すると、ランプの明かりがふっと消えた。

ベッドはダブルベッドと言えるほど広くはなかったが、身を寄せれば二人でも問題はない程度の広さではある。

デュナルはぬくもりを求めるように、アルフレッドに身を寄せて目を閉じた。

好きだと気付いたせいか、胸がどきどきと苦しい。なのに、同時に安堵もしている。アルフレッドが確かにここにいるのだという事実に……。

なんだかなぁと思う。

自分がまさか男を好きになってしまうなんて、考えたこともなかった。

別に毎晩抱かれていたからではない……と思う。もちろん、男同士だという抵抗感が薄れたことは間違いないけれど。

昔から好感度は高かった。もちろん、弟分のように思っていたから、今の気持ちとはまるで違う。けれど、初めて抱かれたときだって、嫌悪感はなかった。

もし他の男だったら、自分はどう思ったのだろう？

考えただけでぞわりとして、デュナルは震えを抑えるようにアルフレッドの胸に額をぎゅっと押しつける。無理だ、と思う。

だが、これがもとから無理だったのか、アルフレッドを好きになったから無理になったのかは分からない。けれど、どうして自分なのかと思いながらも、結果的に自分はアルフレッドを受け入れた。そして、自分の力のなさから行為に縋りすらした。

流されただけではなく、自分の意思がそこにはあって、アルフレッドがそれを受け入れてくれたことも、アルフレッドを好きになった理由の一つだったのだと思う。

そんなことをつらつらと考えていたときだった。

「……拷問か」

ぽつりと、ため息とともに落とされた呟きに、デュナルは閉じていた瞼を持ち上げる。

考えてみれば、昨夜も独り寝だったのだ。アルフレッドは欲求不満なのかもしれない。普通の男ならともかく、アルフレッドはエロゲの主人公であり、昨日までは毎晩、行為に及んでいたのだし……。

「アルがしたいなら、別に抱いてもいいぞ？」

デュナルがそう言うと、アルフレッドの体が動揺したように軽く震えた。

「起きてたの？」

どうやら、デュナルが目を閉じていたから眠ったものと思っていたらしい。

「ああ。体調も問題ないから……その、アルがよければだけど」

そう口にしてから、苦笑する。アルフレッドが驚いたように息を呑んだ。

「ま、まぁ、俺の力なんてなくたってアルは大丈夫そうだから、その、無理にとは言わないけど……」

「無理をしているのはデュナルのほうだろ？　それに、デュナルの力が必要ないなんてこと、あるはずない」

「でも、昨日はその……しなかったけど、今日の戦闘は別に問題なかっただろう？」

いい年をして恥じらうようなことでもないと思いつつも、いつになく恥ずかしくて言葉を濁しつつ訊くと、アルフレッドは少し迷うように沈黙したあと、小さくため息を吐いた。

そのため息に、一瞬身が竦んだけれど、アルフレッドの腕が、まるで離さないというようにデュナルをぎゅっと抱きしめたので力が抜ける。

「――能力の上昇は、一回抱けば三日ほどは持つらしいんだ」

最初に城で説明を受けたときにそう聞いたのだと、いかにも渋々といった様子で紡がれた言葉に、デュナルは絶句してしまう。そんなこと、聞いた覚えがない。

「だったらなんで毎晩……」

ゲームではさすがに毎晩でなく、それは演出がカットされていただけなのだろうと思っていたのに。

「デュナルが何も言わないから、知らないいんじゃないかとは思ってたんだけど……デュナルのことが抱けると思ったら、我慢できなかった」

わずかに情欲の混じった声に、どきりとする。それはどういう意味だろう？　もちろん、アルフレッドは若い男なのだし、単に体の処理的なものだという可能性もないわけではない。けれど、それならデュナルだけを選ぶ必要などなかったはずだ。

「……それに、せっかくだからこの機会に、とりあえず旅が終わっても離れられないくらい、体から籠絡しておこうと思って」

「は……？」

続けられた言葉に、デュナルはぱちりと瞬く。聞き間違いだろうか？　体から籠絡だなんて、まるで悪人の台詞みたいではないか。

「ごめん、怒った？　でも、事実なんだ」

「な、なんで、そんな……」

少し動揺しつつデュナルがそう言うと、アルフレッドは苦笑したようだった。

「……初めて会ったときのこと、覚えてる？」

「え？　――ああ、もちろん覚えてるよ」

突然の問いに一瞬頭が付いていかなかったものの、すぐに頷く。デュナルがようやく地下の隔離部屋を出て、教会で生活を始めた頃だ。

もちろん聖者などという肩書きもなく、神官見習いの中でも駆け出しの下っ端であったデュナルは、お使いで教会を出た際に、怪我をしたアルフレッドに出会ったのである。

デュナルには魔力の強い子どもがよく着けさせられる、魔力制御用のブレスレットが両手に嵌められていたけれど、それでもその辺にいる神官よりも強い魔法が使えた。ばれれば問題になると分かっていたので、使えない振りをしていたけれど。

だが、自分より更に小さな子どもであったアルフレッドが血まみれで路地に倒れているのを見て、放っておけなかったのだ。

「あのとき……初めてデュナルが俺を助けてくれたとき、天使かと思ったんだ」

「……さすがに、それはちょっと」

恥ずかしすぎる。デュナルは自分の頬が熱を帯びるのを感じて、毛布に潜り込むように顔を伏せる。もちろん子どもの頃の評価なのだから、今姿を隠しても意味などないのだが……。

アルフレッドが小さく声を立てて笑った。

「そう見えたんだ。見たこともないようなきれいな子が、金もない、血まみれで薄汚れた孤児の俺の怪我をあっという間に治してくれて、服もきれいにしてくれて……。教会に天使がいるって噂、本当なんだって思ったよ」

「……それはエリアーナのことだろう」

「俺にとってはデュナルだったよ」

デュナルの言葉を、アルフレッドはあっさりと否定する。そして、毛布の中のデュナルをぎゅっと抱きしめた。

「――そのときからずっと、デュナルのことが好きだった」

囁くような声で言われた言葉に、デュナルは目を瞠る。

好きだった？　アルフレッドが自分を？

信じられない気持ちでそろりと毛布から顔を出すと、アルフレッドとばっちり目が合ってしまう。

「……好き？　本当か？」

「うん。でもデュナルが、使命のために抱かれてくれているのは分かってたよ。だから、俺の気持ちを……欲を知られたら軽蔑されると思ってた。ごめん。デュナル。私利私欲のためだと思われるのはしょうがないけど、俺はデュナルのことを抱けるだけで幸せで、デュナルの分も背負って戦っていると思うだけで、やる気が出るのは本当なんだ。だから、能力を得るためだとしても、デュナル以外となんて考えられなかった」

バフのためではなく、抱きたいから抱いたのだと言われて、堪らない気持ちになった。

あんなに、バフのためだと思っていたのに、そうでないことのほうが嬉しいなんて……。

「謝らなくていい。俺は……アルに抱かれることが負担だったわけじゃないから。それに、その……俺も、アルが他の子を抱いたのかもって思うだけで、辛かったから……」

デュナルの言葉に、アルフレッドの目が見開かれる。

「――……デュナル、それって……」

アルフレッドの頬がわずかに紅潮し、目が期待にきらめく。それを見た途端、デュナルは恥ずかしさのあまりこの場から逃げ出したくなった。

今まで散々体を重ねてきたというのに、それよりもずっとずっと恥ずかしい。

だから……。

「デュナル……」

「ま、待て！　いっ、今は魔王を斃してエリアーナを助けることに集中するから、この話はこまで！」

思わず両手でアルフレッドの口を押さえてそう叫んでしまったデュナルを、アルフレッドがなんとも言えない、苦悩に満ちた目で見つめてくる。

居たたまれずにデュナルは視線を逸らし、そろりそろりとアルフレッドの口から手を離した。

アルフレッドが深いため息を零す。

「……分かったよ」

そう言ってから、切り替えるように苦笑する。

不承不承と期待が半々といった様子に、デュナルはほっとして、いつの間にか詰めていた息

を吐いた。

「けど、これだけは訊かせて」

「……なんだ？」

真剣な目で見つめられて、どきりとする。

「俺に抱かれることが負担だったんじゃないなら、デュナルが最近ずっと悩んでいるのは、本当に魔王の城が近付いてきたことだけが原因？」

その問いに、デュナルは息を呑んだ。どこか浮ついていた気持ちが、あっという間に霧散する。

アルフレッドの目は、ごまかさないで欲しいと願うようにまっすぐで、デュナルはどうしていいか分からなくなった。

けれど、嘘をつきたくはない。

「――前に、魔王がエリアーナの体を乗っ取った可能性があるって話になったの、覚えてるか？」

迷いながらも、そう口にしたデュナルにアルフレッドが頷く。

「レーナが、黒髪で赤目の聖女を見たと言っていたときだろ？　もちろん覚えてるよ」

「俺が、それを事実だと知ってると言ったら、信じるか？」

デュナルの言葉に、アルフレッドは軽く目を瞠ったものの、すぐに頷いた。

「デュナルが言うなら、信じるよ」

そう告げた声に、嘘はないように思えて、デュナルは安堵する。

けれどなぜだかアルフレッドは信じてくれると、心のどこかで思っていた気がした。そうでなければ口にできなかったかもしれない。

「俺は、どうしてもエリアーナを助けたい。だけど、魔王を斃したあと、エリアーナに治癒魔法が効くのか、間に合うのかが不安なんだ」

「……デュナルは魔王を斃しても、聖女は死なないと思ってるんだね」

「もちろん、無事では済まないとは思う。……けど魔王には実体がない。エリアーナが瀕死になれば、その体から離れるはずだ」

「つまり、魔王は斃せないのか？」

どうして知っているのか、とは訊かずにいてくれるアルフレッドに内心感謝しつつ、ゆるゆると頭を振る。

「聖剣なら、エリアーナから出てきた魔王を斬れる」

ゲームの通りなら、だが。だからこそ、魔王の討伐には聖剣の力を引き出せる勇者の存在が必須なのだろう。

「なるほどね……。けど、それなら心配しなくてもいいと思うよ」

「え？」

にっこりと微笑まれて、デュナルはきょとんとする。

「デュナルの治癒が効かないはずがないから」

根拠などないはずの言葉をあまりに力強く言うアルフレッドに、デュナルは目を丸くした。

そして、思わず笑ってしまう。

けれど、そうして笑いながら胸の中にあった不安がほろほろと崩れていくのを感じた。

もちろん、根拠はない。けれど、なんの根拠もないのに自分を強く信じてくれている相手がいることが、途轍もなく嬉しい。

状況は何一つ変わっていないのに、不思議と心が軽くなった。

「アルの言葉で少し希望が持てた気がする。……ありがと」

「それならよかった」

アルフレッドが嬉しそうに笑うとデュナルをぎゅっと抱きしめる。けれど……。

「デュナル」

「……なんだ？」

呼びかけた声にわずかな緊張がある気がして、デュナルは首を傾げる。

「魔王は、聖女の体を乗っ取っているんだよね？」

「ああ、そうだ。魔王は誰かの体を使わないと、この世界に顕現できないから」

「そっか……」

アルフレッドは頷いて、少し考え込むように沈黙した。

「――どうして、聖女だったんだろう」

「え？」

それはデュナルに対する問いかけというより、独白のような呟きだった。アルフレッドは抱きしめていた腕を緩めると、デュナルをどこか気遣わしげに見つめる。

「前聞いたときも気にはなったんだ。ただ、本当に乗っ取ったのかは分からないしと思って訊かなかったんだけど……魔王に実体がないってことは、魔王の封印を解いたのは聖女ってことなのかなって思ってね」

そう言われて、デュナルは一瞬言葉に詰まった。

言われてみれば、そのことを考えたことはなかった。なぜ魔王の封印は解けたのだろう？

ゲームのデュナルは世界を恨んで魔王の封印を解き、体まで乗っ取られることになった、という話だったはずだ。

けれど、エリアーナは？

今までは単に、自分がいなかったからエリアーナが犠牲になったのだろう、としか思っていなかった。

魔王は体の持ち主の力を利用するから、神力の高いエリアーナが選ばれたのだろう、と。

けれど、そもそもエリアーナならば、たとえ魔王が封印を解けと言っても従うわけがない。

エリアーナは貴族の令嬢でありながら、信仰心と奉仕の心を忘れない素晴らしい女性である。世界を憎んで魔王の封印を解くようなことはしないだろう。

別の人間が封印を解いた？　けれど、レーナは聖堂にはエリアーナしかいなかったと言っていたはずだ。

「エリアーナが封印を解くはずない、と思うけど」

もともと封印は緩んでいて、たまたまそこに居合わせた人間が操られたとか、そういうことなのだろうか？

自分は、何か勘違いしているのだろうか？

悩み始めたデュナルを、アルフレッドが宥めるように抱きしめる。

「変なこと訊いてごめん。少し気になっただけなんだ。――大丈夫。デュナルなら聖女を救えるよ。俺もできるだけ協力する」

「……ああ」

頷いたものの、その疑問はデュナルの中に残り続けたのだった。

一難去ってまた一難、ではないのだが、一つ悩みが解消されたと思えばまた別の悩みが出てきてしまった。

とは言え、エリアーナを救えるかという、これから起こる問題ではなく、なぜ魔王(まおう)は復活したのかというすでに起こったことに対する悩みのせいか、これまでのような切迫(せっぱく)感はない。原因が分かったところでもうどうしようもないし、そもそも原因があるのか自体も分からないのだから。

けれど、空いた時間があるとつい考えてしまう。

「また考えてるの？」

不意にうしろから抱きしめられて、デュナルは我に返った。

「明日(あした)はもう魔王城に着くっていうのに」

「……別に考えようと思って考えてるわけじゃないんだけど」

そう。あの夜からすでに五日が経(た)ち、デュナルたちはついに魔王城に肉薄(にくはく)していた。魔王城は山の上にあるため、ここはまだ麓(ふもと)の森なのだが、明日には一気に城へと攻め入る予定(せ)なのである。

普通に考えれば現実的ではない作戦かと思ってしまうのだが、魔物というのは人のように街を形成したりはしない。

近似種が徒党を組み、群れを作るようなことはあるのだが、魔王に似た種はいないのだ。不思議なのだが、この世界で完全に人の姿を取る魔物は魔王だけだ。それだって、姿は取り憑いた人間のものなので、明確に人の姿と言っていいかは疑問だ。

もちろん、魔王が魔物を操って街や国を滅ぼすようなこともない。ならばなぜ魔王を討たねばならないのかというと、魔王が復活するとそれだけで魔物の力が強くなり、数も爆発的に増えるかららしい。魔物は生来、人を襲う。魔王がいなければ、多少の犠牲はあっても人の力でそれを抑えることが可能であり、結界によって街などは守られていた。だが、魔王が復活して以来、結界を破られることも増え、いくつもの村や町が、力を増し、数を増した魔物に蹂躙されている。再び世界で人が平穏に生きられるようにするためには、魔王を討つしかない。

ともかく、そんなわけで魔王城に大量の魔物がいて魔王を守っているとか、城の周囲を見張っているというようなことはない。魔王城のある山は、その麓からがいわゆるダンジョンであり、フロアを一つずつ上がって行くこととなる。魔物はいるが、うじゃうじゃいるというわけではなく、一つのフロアに一グループ、もしくはいわゆる中ボスがいるだけなのだ。

魔王城に勇者パーティだけで乗り込むことは、決して無謀なことではない。

とはいえ、無謀でないから油断していいというわけではもちろんない。決戦前夜によそごとに気を取られているのもどうかと思う。

だが……。

「レーナの言っていたことが気になってさ」

「あぁ、実家と折り合いがよくなかったのかもって話？」

アルフレッドの言葉にデュナルはこくりと頷く。

エリアーナのことなら、レーナに訊くのが一番だろうと思い、何か悩んでいたことはなかったかと訊いてみたのだ。

すると、エリアーナは月に一度実家に帰る日があり、戻ったあとは暗い顔をして落ち込んでいる様子だったという。

レーナは一緒に行かないのかと疑問に思い訊いてみたところ、獣人であるレーナを自分のメイドにしたのは、エリアーナの独断だったのだという。当主夫人は一度屋敷を出て以降レーナが再び屋敷の敷居をまたぐことを許しておらず、レーナはエリアーナが屋敷に帰る際には教会で留守番をしていたようだ。複雑な事情があるようだったが、その辺りは主人であるエリアーナの許可なく話すことはできないと言われてしまったので分からない。

家族と仲がよくなかったのだろうか？

可愛らしくて性格もよく、聖女として国内外に名を響かせているエリアーナを、疎ましく思うことなどあるだろうか？　普通に考えたらあり得ないだろうと思う。

けれど、エリアーナに何の陰りもなかったとは言えない。

暗い顔と聞いて、王都に出向する前日にちらりとそんな表情を見た気がしたことを思い出したのだ。

「俺、推しのこと何にも分かってなかったのかも……」

「おし？」

「あ、ええと、エリアーナのこと。誰かに推薦したい、推したいくらいの子だから」

そう説明すると、アルフレッドが腕の力をわずかに強めた。

「そんなに聖女が好きなの？」

「当然だろ」

どこか不機嫌そうな問いかけに、息をするようにそう答えてからハッとする。

「もちろんアルに対するのとは、違う気持ちだ……けど」

慌ててそう弁解してしまい、恥ずかしいことを言ってしまったと口ごもる。

「本当に違う？」

けれどそう問いながら耳にキスをしてくるアルフレッドは、あっという間に機嫌を直したらしい。

デュナルが何も答えずにいても、仕方ないなと苦笑する表情に暗さはない。

「約束通り、魔王を斃したら絶対に聞かせてもらうよ。――今は体で教えて」

　そう言うと、デュナルの首筋に唇を押し当てる。腹に回されていた手が上下に動き、服の上から胸元を探り始める。

「体でって……まだ若いのにおっさんみたいなこと……んっ」

　きゅっと乳首を摘まれて肩が震えた。

「子どもみたいって言われるより、いいかな」

　くすりと笑ったアルフレッドに耳朶を食まれる。

　指は相変わらず乳首を弄っていた。寝衣を一枚挟んでいるせいで、軽く引っ張られるとすぐにするりと指の間から離れてしまうのだけど、それが気に食わないというように執拗に繰り返される。じわじわと下腹部に熱が溜まっていくのが分かった。

「も、そこはいいから……ぁ」

「気持ちよさそうなのに。でも、今夜は早めに寝たほうがいいしね」

　少し残念そうにそう言って手を離すと、寝衣の裾に手を伸ばしてくる。ずるりと頭から抜かれて下着一枚にされたけれど、そちらにもすぐに手が伸びてきた。

　デュナルは、バフのためなのだからと自身に言い訳をして、脱がされることに協力しつつ、アルフレッドのシャツに手を伸ばす。

　お互いにそれだけではないともう分かっていても、快楽にぐずぐずに溶かされる前のこんな時間はまだ少し居たたまれない。

むしろ、好きだと気付いてからは特にそうだ。アルフレッドがそれまでよりずっと饒舌になってしまったせいもあると思う。

「あ……んっ」

「デュナル、可愛い。こんなひくひくさせて、俺のこと欲しがってくれてるの？」

「ち、ちが……」

「違うの？　でも、ほら」

「あ、あぁっ」

「指だけでこんな、きゅうきゅう締めつけて、もっとって言ってくれてるみたいなのに」

「や、あっ、ん、あっあぁっ」

「ほら前だって、触ってないのにこんなにとろとろになってる。中、気持ちいいね？」

こういうやつだ。

恥ずかしさで、顔が真っ赤になっているのが分かる。なのに、こんなふうに言われるとますます気持ちよくなってしまう自分がいるのだ。

恥ずかしいと思うほど、体が敏感になっていくようで……。

今も指に中をかき混ぜられているだけなのに、アルフレッドが言う通り、絶頂に達しそうなくらい感じてしまっている。

初めて抱かれたとき、中に入れてもらわないとイケない体になったらどうしてくれると思ったけれど、きっととっくにそうなっているとすら思う。

そして、入れられるなら……。

「あ、あっ、アルぅ……アルの、欲しい、も、入れて……っ」

指だけじゃ到底足りなくて、結局デュナルはそう口にした。

「うん。俺もデュナルの中に入りたい」

ちゅっと、音を立ててキスされて、釣られるように舌を出す。アルフレッドが嬉しそうに笑って、舌を絡めてくれる。

そうして存分に舌を味わってから、唇を離した。

「デュナル、入れるよ」

指が抜かれ、そこに熱を帯びたものが押し当てられる。

「んっ……あ、あ――――っ！」

入り口を広げるように入り込んだものが、一気に奥まで突き入れられた。強い快感に目の前がちかちかと瞬いて見える。

「入れただけなのにイッちゃって可愛い……。でも、まだ付き合ってね」

「ひ、あっ、あっあっあっ」

中に入れられたものを激しく抜き差しされて、デュナルはもう濡れた声を零すことしかできなくなった。

気持ちいいだけじゃなくて、アルフレッドが自分の中で気持ちよくなっているのが嬉しい。気持ちよすぎて苦しいくらいなのに、アルフレッドが気持ちいいならいい。もっといっぱいかき混ぜて気持ちよくなって、それで中に出して欲しいと思う。

「あ、アル、アル……！」

「デュナル……」

ぎゅっと強く抱きしめられて、一滴も零すまいとするみたいに奥に出される。そんなことに何も意味がないと分かっているのに。

体から籠絡しようと思ったとアルフレッドは言っていたけれど、もう完全に籠絡されていると思う。

——体だけでは、ないけれど……。

そう思いながら、アルフレッドの背中を抱きしめた。

夜中にふと、目が覚めた。

背後にアルフレッドの体温を感じて、小さく息を吐く。外は鳥の声すらなく、静かだ。

随分と深く眠っていたのか、眠気がすっかり消えてしまい、暗いテントの中でデュナルはゆっくりと寝返(ねがえ)りを打つ。

鬱蒼(うっそう)と茂(しげ)った森の木々で月明かりなどほとんど遮(さえぎ)られているはずだが、目が慣れるとものの形くらいは分かるようになった。

胸の中はいつになく静かだ。

「明日で終わりか……」

何度か寝返りを打ったものの、全く眠くならず、思わずぽつりと呟(つぶや)きが零れた。

「――デュナル?」

返ってきた声があったことに驚(おどろ)いて、デュナルは小さく息を詰(つ)める。

「……ごめん、起こしたか?」

「ううん……大丈夫(だいじょうぶ)。眠れないの?」

「さっきまではグースカ寝てたよ。けど目が覚めちゃってさ」

囁(ささや)くような声で会話をする。

「緊張(きんちょう)してるのかもしれないな」

ついに明日(あした)だと思えば、それも無理はないだろうと思う。

エリアーナを助けられるかも、明日決まる。不安がないと言えば嘘(うそ)になる。アルフレッドに事情が話せたことで多少胸の内は軽くなったけれど、結局は助けられるはずだと信じることしかできないのだ。

「……デュナルは、旅が終わったら教会に戻るんだよね？」

「ん？」

ため息を吐きそうになったデュナルは、アルフレッドの声に首を傾げた。同時に、すでにアルフレッドは終わったあとのことを考えているのだと思ったら、気が抜けてしまう。相手は魔王だというのに、負ける心配など少しもしていないらしい。

「まぁ、そうだな。多少は城に留め置かれるかもしれないけど……アルはどうするんだ？」

政治的に考えれば、国はアルフレッドを囲い込もうとするだろうけれど、冒険者に戻ると言われたら拒否はできないだろう。

「デュナルを攫って逃げたい」

「……真面目に訊いてるんだけどな？」

「俺だって真面目に答えてるよ」

むっとしたような声でそう言うと、アルフレッドは小さくため息を零し、デュナルを抱き寄せる。

「デュナルは聖者で……そのうち神官長になるって聞いた。そしたら、ただの冒険者の俺じゃ、デュナルに会うこともできなくなる」

「アル……」

それは、確かにそうかもしれない。

教会の関係者でなくとも、神官長を『見る』機会はそれなりにある。けれど、会うとなれば話は違う。知人だからと言って気軽に顔を合わせることはできないだろう。

「けど、勇者なら許されるかもしれないと思って、それで勇者を引き受けたんだ」

「……はぁ？」

何を言ってるんだこいつは、と思う。けれど、思わずごろりと寝返りを打ってアルフレッドを見たものの、暗闇のせいで表情までは分からなかった。

「その上、一緒に旅までできて……デュナルが一緒に行けるように希望は出したけど、本当に同行してくれて嬉しかったな」

希望を出した？

確かに自分が同行するのは、勇者の決定によるものだと聞いた覚えはあったが、あれは自分ともう一人の候補から選んだという意味だと思っていた。

どうやら最初から、アルフレッドが自分の同行を求めていたのだと知って、今更ながら嬉しくなる。

「それまではいつも会うたびに、デュナルを連れて一緒に冒険に出たいって思ってた。フェルシオンを出て、もっと遠い、教会の勢力の弱い国まで行けば大丈夫なんじゃないかって。そこならデュナルを知る人もいなくて、ただの冒険者になれる」

そう言われて、デュナルはくすりと笑った。

「それもいいな」

ただの冒険者としてアルフレッドと冒険に出る。きっと楽しいだろう。

「冒険者になってみたいって、昔はよく思ってたよ」

「本当に？　なら、勇者の褒賞でそれを願ったら一緒に来てくれる？」

「うーん……願っても許可が下りない気がするけどな」

アルフレッドの言葉に、デュナルは小さく唸り声を上げる。

思い出すのはエリアーナの個別エンドのことだ。エリアーナには結婚エンドはなく、これからもアルフレッドの負う傷は全て自分が治します、とかそんな感じで正直ぼんやりしたエンディングだった。エリアーナを推していたデュナルとしては、不満の残るエンディングだったため、逆によく覚えている。

ちなみに覚えている限りで結婚式があったのは、マイネリーゼとのエンドだ。それで余計に悔しさが募った記憶がある。ステラとの場合はアルフレッドが騎士団長になるとかだったような気がする。

まぁ、つまるところ、ゲームのエリアーナは教会に戻ったのだと思う。

自分の場合はどうなるだろうか。エリアーナと同じで、アルフレッドが望んだところで教会はデュナルを自由にはさせてくれない気がする。教会が国の下部組織でない以上、王命でなんとかなる範囲ではないし……。デュナルが望んだところで同じこと。無理矢理出奔することができないわけではないだろうけど、批難は免れない。

神官の結婚は禁止されてはいないけれど……とそこまで考えて、これではまるで自分がアルフレッドとの結婚までを見据えているみたいではないかと思って恥ずかしくなった。

「と、とりあえず、終わってから考えようっ」

「それもそうだね。まぁ、いざとなれば駆け落ちっていう手もあるし」

「……ばかなこと言うなよ」

アルフレッドの言葉に、デュナルは小さくため息を吐く。

けど、なんにせよ明日、聖女を救ってからだ。この戦いが終わったら、なんて死亡フラグのようでよくない。特に結婚関連は。

そう思い直して、デュナルはぎゅっと目を瞑った。

◇

翌日は早朝から魔王城へ向かうこととなった。

魔王城に至るまでのフロアは全部で十だが、それを知っているのは不自然なため、アルフレッドにだけこっそり伝えてある。

もちろん馬車は置いて、ケルピーは放していく。ケルピーだけならば、妖精の道と言われる特殊な道に入れるため、魔物に襲われる心配がないのだ。

「行こう」

アルフレッドの言葉に全員が頷く。

さすがにみんな表情が硬い。特にレーナは顔色まで優れなかった。気持ちは分かる。魔王がエリアーナを乗っ取っている可能性について考えているのだろう。

デュナルはもちろん、それが可能性などに止まらず真実であると知っていたが、告げることはできていなかった。

普通の洞窟のように見える入り口から中へ進むと、一体何の素材でできているのかと思うほど黒い扉がある。アルフレッドは迷うことなくそれを開けた。

中にいたのはコウモリ形の魔物だ。あの巨体でどう飛んでいるのか不思議だと思うほどの大きな一匹のコウモリに、その半分ほどの大きさのコウモリが何匹か付き従っている。今までも何度か戦ったことのある相手だった。

慣れた様子でマイネリーゼが最初に風魔法を放ち、バランスを崩した魔物たちに他のメンバーが攻撃を加えていく。

まだ高い場所にいるものはナディアの弓やマイネリーゼの魔法が、落ちてきたものにはステラやレーナの剣と拳が。ミッチェの投げるナイフがローズの補助魔法で強化され、コウモリへ突き刺さる。その間に、アルフレッドが最も大きかった個体に肉薄した。

デュナルは放たれる敵の攻撃を結界で弾きながら、攻撃を受けてしまった仲間に治癒魔法を飛ばす。

戦闘はあっけないほどあっさりと終わった。だが、当然のように、フロアを一つ上がるごとに敵は強くなる。

そして、最後の十フロア目では、いよいよこの世界に来てから初めて会う敵に出会った。いわゆるドラゴンである。といっても、ドラゴン自体はこの世界では知性体として存在しており、魔物ではないとされている。だからこそ魔物のドラゴンというのは珍しい。

簡単に言えば闇堕ちしたドラゴンというか、ドラゴンの死体が悪変したもの、という設定である。

だが、デュナルはその弱点を知っていたし、アルフレッドにも伝えている。アルフレッドは敵の姿を見て、すぐにその弱点を他のメンバーにも共有した。アルフレッドが優れた冒険者であることはみんなが知る事実だったから、弱点を知っていることに関して疑われることもない。

まず最も有用なものは、光魔法の祈り。デュナルにとっては得意とかいう以前に日常の作法なので、迷うことなく実行した。

これでまず攻撃が通るようになる。ゲームだと勇者のHPが半分になったところで、自動的にエリアーナが祈りを捧げ、ようやく攻撃が通るようになったのだが、HPが減るのを待っている義理はない。そして、弱点の属性は光、次いで火である。

それが分かっていたため、多少の傷を負いながらも、戦闘は無事に終了した。

「さすがにここまで来ると、敵も強いな」

ナディアが小さく息を吐く。けれど悲愴感はなかった。

他のみんなも、多少の疲れは見られるものの、問題はなさそうだ。

だが、そうなると次はいよいよ……。

「……今までとは趣が違いますわね」

長い階段の先にあった扉の前で、マイネリーゼが言った。他のメンバーも同じことを考えているのだろう。その扉は、今までにあったものとは違い、美しい彫刻が施された豪奢なものだ。

「この先は魔王城の中、だろうね」

アルフレッドがそう口にする。ぎくりとしたように肩を揺らすレーナが視界の隅に入って、デュナルはついそちらを見てしまう。

もちろん、アルフレッドも気付いているだろう。

「もし魔王戦で戦えないと判断したら、迷わず後方に引いて構わない」

「っ……」

アルフレッドの言葉に、レーナがハッとしたように目を瞠る。

他のメンバーのうち、マイネリーゼとステラは何も言わなかった。驚いた様子もない。けれど、残りの三人はなぜアルフレッドが突然そんなことを言い出したのか分からないというような怪訝な表情をする。

「――以前話したことだけれど、あのときいなかったメンバーも増えたのだし、一度話しておきましょうか」

こういうとき、話を引き取ってくれるのはいつもマイネリーゼだ。

彼女はミッチェとローズ、ナディアに向かって魔王が聖女の体を乗っ取って使っている可能性と、聖女がレーナの主人であることを告げた。

「そういうことか」

「女の子の体を乗っ取るとか最低ね」

ナディアが納得したように頷き、ローズが吐き捨てるように言う。ミッチェはレーナの肩をぎゅっと抱いていた。

「絶対にそうだとは限らないわ。でも……」

マイネリーゼは、レーナを気遣わしげに見つめる。

「そうでなかったとしたら、聖女が人質になっている可能性もあります。その場合、レーナはそちらに注力して構わない、ですよね？」

アルフレッドに向けられたステラの言葉に、全員が頷いた。

「それと、魔王は聖剣でなければ斃せないと聞いています」

「最後は俺が行くよ。……援護を頼む」

マイネリーゼの言葉にアルフレッドがそう言うと、再び全員が頷く。最初の頃は完全に単独行動だったアルフレッドが、こうしてパーティメンバーに頼るようになったことがなんとなく嬉しい。

このパーティなら、きっと大丈夫だろう。

デュナルは自分に言い聞かせるように、心の中でそう呟く。

そうして、扉へと手を掛けた。

暗い廊下があり、その先にまた扉がある。デュナルはあまりに大きく聞こえる自分の心臓の音で、目眩がしそうだった。

その扉を見たことがある気がした。ゲームの記憶はもはや遠く、さすがに建造物のビジュアルまで細かく覚えてはいない。けれど、それでも、この先に魔王が、エリアーナがいるのだと分かる。

アルフレッドが扉に手をかけようとして、ローズが止めた。

「あたしが開けるわ。初手で何か仕掛けてこないとも限らないしね」

「わ、私も手伝います」

デュナルは慌ててそう言うと、両開きの扉の、ローズとは反対のほうへと取り付く。

他のメンバーが武器を構えるのを待って、二人で頷き合って扉を引いた。ズズズ、と重い音を立ててゆっくりとドアが開いていく。

――そこは、薄暗い空間だった。

高い天井は闇に溶けて見えない。窓があるのか、壁には暗褐色のカーテンが掛けられている。

そして、細く長く敷かれた、カーテンと同色のカーペットの先に、玉座があった。

そこには、意外なほど小さな人影がある。

「ああ、やはりきたのか」

口調はまるで違う。けれど、それはやはりエリアーナの声だった。

ここからだと目の色までは見えないけれど、金色だった髪は闇のように黒く、鈴を転がすようだった声もまた暗く沈み、どこかノイズを含むように歪んで聞こえた。

レーナの足が止まる。それも仕方がないと、そう思った次の瞬間だ。

「――エリアーナ様を返せぇぇええ！」

耳を劈(つんざ)くような声と同時に、一度止まったレーナが驚くほどのスピードで魔王へ向かって走り出した。

それにすぐさま続いたのは、アルフレッドだけだ。他はみんな、一瞬動きが止まった。レーナが攻撃できないという事態は想定していたけれど、まさか最初に飛び出すとは誰(だれ)も思っていなかったのだろう。

だが、アルフレッドであっても、レーナの足に追いつくことはできない。アルフレッドは速い。けれど、獣人(じゅうじん)であるレーナの身体能力は、人間の限界を超(こ)える。

だから、止められなかった。

「愚(おろ)かな」

「ぐぁ……っ！」

魔王の振るった剣(けん)の先が、影(かげ)を纏(まと)って伸(の)びるのと同時に鞭(むち)のようにしなり、レーナの体を弾き飛ばす。レーナの小さな体が、床(ゆか)の上で二回バウンドするのをデュナルはただ見ていることしかできなかった。すかさずレーナに駆(か)け寄ったのはローズで、その間に他のメンバーは魔王への攻撃(こうげき)を開始している。

「デュナル！」

ローズの声にびくりと体を震(ふる)わせて、デュナルは慌ててそちらへ向かった。

咄嗟(とっさ)に腕(うで)で庇(かば)ったのだろう、レーナの両腕には深い切り傷が走り、左足はあらぬ方向へ曲がっている。意識はなく、ぐったりとしていた。

パーティのメンバーがこれほど深い怪我を負うのは初めてで、デュナルは動揺しつつも慌てて治癒魔法を展開する。

傷が塞がり、足も元通りに戻った。じきに意識も取り戻すだろう。ようやくほっと息を吐く。けれどその間にも戦闘は続いていた。

デュナルは他に怪我人が出ていないかを確認するために、そちらへ視線を向ける。

レーナの怪我には動揺したけれど、どうやら戦闘自体はこちらが優勢のようだった。

魔王の体にはいくつも傷が走り、青白い肌から血が流れ落ちている。だが、そのことがデュナルの胸を痛めた。あの体は、エリアーナのものなのだ。

必ず、命を繋ぎ、全てを治してみせる。

――デュナルの治癒が効かないはずがないから。

アルフレッドの言葉を思い出す。心配しなくていいと言ってくれた。大丈夫だと、デュナルなら救えると言ってくれた。

だから、大丈夫。

そう自分に言い聞かせながら戦況を見守り、いつものように攻撃を結界でブロックし、治癒魔法を飛ばす。

とにかく、エリアーナの体から魔王が離れ次第、治癒魔法を掛けなければならない。魔王が離れてからは一刻の猶予もないはずだ。

そして、今飛ばしているような簡易的なものでない治癒魔法は体に触れる必要がある。つまり、できるだけ魔王の近くにいなければまずい。

アルフレッドが最後は自分が、と言っていたから、そのときを狙って近付くのがベストだろう。

そんなことを考えているうちに、アルフレッドたちが、魔王を追い詰めていく。思ったより早く決着が付きそうだった。

みんなの連携のよさや強さもあるだろうが、やはりエリアーナから成った魔王は、デュナルから成った魔王より弱いのかもしれない。

斬りつけられ、矢で射られ、魔法を浴びて、ボロボロになっていく魔王を見ながら、デュナルは泣きそうになる。あれは、あの子は、自分がずっと大切にしたかった少女なのだ。

本当なら自分がするはずだった役目。自分がそれを厭ったせいで、犠牲になってしまったのだと思えば余計につらい。

もしも、互角以上の戦いだったなら、そんなことを思う暇などなかっただろう。仲間達の無事を祈っただろう。けれど今は、少しでも早く終わらせてあげて欲しいと、そんなことを思ってしまう。

そして、ついに魔王が地に伏せた。

デュナルは急いでそちらに走り寄る。いや、走り寄ろうとした。

魔王の赤い目が、デュナルを睨めつける。

「――お前さえ……お前さえいなければ……！」

「デュナル！」

一瞬の出来事だった。

魔王の手から迸った赤黒い閃光が、刃となってデュナルに襲いかかる。いつもならばすぐに結界を張って弾くところだ。けれど、このときデュナルはすでに治癒魔法を構築しつつあった。切り替えるのにラグが生じる。

間に合わない。

そう、思ったときだ。

「っ……」

間に合うはずのないタイミングのはずだった。けれど、アルフレッドが刃の前に身を投げ出すようにしてそれを受けた。

こちら側からは傷は見えない。けれど噴き出した血が、カーペットに落ちるのを見てデュナルは衝撃に目を瞠った。

「アル……！」

悲鳴のように名を呼ぶ。けれど、アルフレッドは倒れることなくそのまま魔王を斬った。

「デュナル、今だ……聖女を……っ」

その声にハッとする。倒れた魔王の――――いや、エリアーナの体から黒い靄が抜け出すのが見えた。

アルフレッドが聖剣を振るい、その靄を切り裂く。身の凍るほどに醜く、怨嗟に満ちた悲鳴が響いた。靄が霧散していく。

だが、アルフレッドはそのままその場に膝を突き、ずるりと倒れ込んだ。

「アル……！　いやだ！　アル！」

エリアーナの治療をするべきだと頭では分かっていた。なのに体はアルフレッドへと向かっていた。

「デュナル、聖女を……」

「っ……」

隣に倒れているエリアーナをちらりと見れば、青白かった頬は、血で汚れている部分を除いて紙のように白い。けれど、デュナルは咄嗟に躊躇ってしまった。アルフレッドを先に治したい。そう思ってしまった。あれほどエリアーナを助けたいと願っていたのに。

もちろん、エリアーナのほうが危険な状態であることは、デュナルも分かっている。

けれど……。

「デュナルさん、お願いです、エリアーナ様を助けて……！」

耳に届いたのは、いつの間にか目を覚ましていたらしいレーナの声だ。デュナルの体が、びくりと震える。

「俺は大丈夫……」

アルフレッドにそう言われて、デュナルはぐっと唇を噛むとエリアーナに駆け寄って治癒魔法を使う。

途端に、今まで感じたことがないほどの勢いで、デュナルの体から魔力が吸い取られていくのが分かった。それだけ危険な状況なのだ。だが、吸い取られるということは、まだ死んではいないということ。

早く、一刻も早く終わらせて、アルフレッドの治療に掛かりたい。

怖いのは、自分の魔力残量だった。エリアーナの治療が済んだあと、アルフレッドの傷を治せるほどの魔力が残っているだろうか？

今まで自分の魔力量に不安を感じたことなどなかった。けれど、今使われている魔力は今までと比較にならない量だ。

怪我は治っているように見える。けれど、魔力の流出は止まらないし、デュナル自身、エリアーナの治療が完了したとは思えなかった。

おそらくだが、見えない部分……それも、内臓だとか血管だとかいう部分ではなく、言うなれば魂のようなものの修復が終わっていないのだ。

魔王に乗っ取られたことによって生じた、人としてあらざるべき歪みのようなもの。例えば黒くなった髪や赤い瞳のように、本来とは改変されてしまった部分があって、そこを治癒しているのだと感じる。

途中でやめるわけにはいかなかった。それこそ、器としての体だけが治っても意味はない。エリアーナが彼女自身として戻ってこなければ……。

けれど、アルフレッドの怪我も心配だった。あれはどう見ても重傷だ。もちろん、彼も冒険者なのだから、止血などの知識はあるだろう。念のために用意された治癒ポーションもあるはずだ。けれど零れ落ちた血の量を思えば、それらで補いきれるようなものではなかったとも思う。

それに、あのあともアルフレッドは剣を振るった。更に状態は悪化したと思っていい。

――エリアーナを助けることが、ずっと自分の目的だった。

贖罪の意味もある。助けたい。必ず助けなければならない。

けれど、そう考えながらも、アルフレッドの傷を思うと、デュナルは冷静ではいられなかった。こうしている間に、もし手遅れになったら……。

目を瞑り、必死に治癒魔法に意識を集中させながらも、手が震えて、涙がにじみそうになる。

こんなことは初めてだった。

けれど……。

「大丈夫。デュナルが治せないはずない」

ふわりと、背後から抱(だ)きしめられて、デュナルは目を見開いた。

先ほどまで隣に倒れていたはずの、アルフレッドの姿がない。背後から抱きしめているのは、間違(まちが)いなくアルフレッドだ。

「俺の傷はもうほとんど治ったよ。だから、安心して」

声はしっかりとしていて、無理をしているようには思えなかった。

思ったよりも大きな怪我(けが)ではなく、ポーションが効いたのだろうか？　分からない。けれど、アルフレッドが無事であるならそれでよかった。抱きしめてくれる腕(うで)に支えられるように、デュナルは治癒魔法(ちゆまほう)に魔力を注ぎ込んだ。エリアーナの髪が、徐々(じょじょ)に美しい金色に戻(もど)っていく。

そして――――。

「っ……」

ぴくりと、まつげに縁取(ふちど)られた瞼(まぶた)が震える。デュナルはエリアーナの胸元(むなもと)からそっと手を離(はな)した。

レーナが待ちかねていたようにエリアーナの顔を覗(のぞ)き込む。

「エリアーナ様！」

ゆっくりと開いた瞼の下には、新緑のように美しいペリドットの瞳があった。もちろん、エリアーナを覗き込んでいたレーナにもそれは分かっただろう。

「よかった……ありがとうございます、ありがとうございます……っ」

レーナがデュナルを見て、泣きながら頭を下げる。

「力になれてよかった」

心から安堵して、デュナルは深い息を吐く。

そうして、すぐに振り向いてアルフレッドの傷を確認しようとしたのだが……。

「傷が……ない？　ポーションで治ったのか？」

鎧ごと切り裂かれたのだろう。間違いなく血が出ていたはずなのに、そこにはもう何の傷も残っていない。

「不思議だけど……多分、デュナルの能力だと思う。何もしてないのに徐々に傷が治っていって驚いた」

微笑んでそう言われて、デュナルは呆然としてしまう。

けれど、徐々に傷が治っていったという言葉に、ハッとする。

――聖女のバフは、魔王戦前夜に二人が気持ちを確かめ合い両思いとなれれば、徐々にHPが回復する回復効果がつく。

すっかり忘れていたし、そんなものがなくても全く問題ない戦力だと思っていたから気にも留めていなかった。けれど、確かに設定としてはそうある。

デュナルとしては別に、気持ちを確かめ合ってなどいないつもりだったけれど、それが発動した？　ということか？

分からないけれど、それでアルフレッドが助かったというならなんでもよかった。

今度こそ安堵で力が抜けたデュナルを、アルフレッドがそっと支えてくれる。

周囲に集まっていた他のメンバーも、安心した様子だった。見ればみんな、大した怪我はなさそうで、そのことにもほっとする。最後の瞬間までは、小まめに治癒魔法を飛ばしていたのだから、問題ないとは思っていたけれど……。

「……わたくしたち、魔王を斃しましたのね」

深い感慨を込めて、マイネリーゼが言う。

デュナルはそれに微笑んで頷く。本当によかった。結果的には全て丸く収まったと言える。魔王は斃されて、エリアーナは死なせずに済んだ。パーティのメンバーも誰一人欠けることなく、終わりを迎えることができた。

「帰りましょう」

デュナルがそう言うと、彼女たちは笑って頷く。ほっとしたような笑顔。誇らしげな笑顔。気の抜けたような笑顔。泣き笑い。それらに微笑み返して、デュナルはアルフレッドを見つめる。

「……うん。帰ろう」

そう、アルフレッドが言ったときだった。

「――――申し訳、ありません……っ」

引き絞るような声が響いて、みんながそちらへと視線を向ける。

エリアーナだった。レーナの手に支えられるようにして起き上がっていたエリアーナは、泣き濡れた顔でこちらを見つめている。

「申し訳……申し訳、ありません」

「エリアーナ？」

そのまま床に頭をつけるようにして謝罪を口にしたエリアーナに、デュナルは驚いて目を瞠った。他の者も驚いたように顔を見合わせていたが、唯一マイネリーゼだけはどこか厳しい目でじっとエリアーナを見つめている。

「わ、私、とんでもないことをしてしまいました……」

ガタガタと体を震わせているエリアーナの背に、レーナが狼狽えつつもそっと手を添える。

「私、私……私が、魔王の封印を解いたのです……！」

その言葉に、誰かが息を詰めた気配がした。デュナルは思わずアルフレッドへと視線を向ける。それは、あの夜からずっと、考えていたことだったから。アルフレッドもデュナルを見つめ、小さく頷く。

「……なぜ、そう思うのです？　たまたま、封印が緩んでいた場所に居合わせただけなのを誤解しているのでは……」

デュナルの言葉にエリアーナは頭を振る。美しい瞳から零れた涙が散った。そして懺悔するかのように体の前で手を組むと、口を開く。

「――私、ずっと、デュナル様に……その才能に嫉妬していたのです」

「……は?」

思ってもみなかった言葉に、デュナルはぽかんと口を開ける。

「私は聖女と呼ばれていても、デュナル様の足下にも及びません」

所詮は二番手であり、王家に呼ばれるのもデュナル。次期神官長と名高いのもデュナル。家族には会うたびに、孤児の男なんかに負けるなど嘆かわしいと叱責されていたのだという。

「デュナル様がどれだけ素晴らしく尊い方か、こんな私にも常に気を遣ってくださる心根の美しい、やさしい方か……分かっていながら、嫉妬してしまう私自身の醜さが何より苦しかった……」

そうしてあの日、謎の声に唆されるままに、その封印を解いてしまったのだという。相手が魔王だとも知らずに。

「デュナル様よりも強い力を手に入れられる、多くを救えると言われて……。教会に魔王が封印されていることは知っていたのですから、きちんと考えれば分かったはずなのです。あのような甘言に乗るなど、私の心が汚れている証拠です……!」

デュナルは固まっていた。

――エリアーナが自分に嫉妬？

それだけでも完全に意味不明である。

だが話からすると、やはりデュナルが魔王になるのを回避したことが、全ての元凶だったということだろう。デュナルがあのまま地下に囚われていれば、エリアーナがいらぬ妬心を抱くことなどなかったのだから。これで、エリアーナが処刑などされては堪らなかった。

他の者たちは突然の告白に対し、戸惑いが大きいようだ。厳しい顔をしているのはマイネリーゼだが、そこには憐憫のようなものも滲んでいる。

そうだ、この場にはマイネリーゼがいるのである。本当にエリアーナが魔王の封印を解いたとなれば、罪に問われるのは必定……。

魔王復活で亡くなった人間がどれほどいるか、壊れた都市が、焼けた村がどれほどあるか、自分たちは多くを見てきたのだ。

なんの情状酌量もなく、エリアーナが公に罪に問われるとしたら、おそらくは死罪である。

デュナルは咄嗟に、それだけは阻止したい、と思った。どうにかして、この場にいる、エリアーナの罪の告白を聞いてしまった人間を説得しなければ……。

もちろん、今の話からするならば、エリアーナは単なる被害者ではない。魔王を復活させてしまったことは、許されるようなことではないだろう。

同じ里の仲間を殺されているナディアや、ここまでの道中に見た被害者たちに対する申し訳ないという気持ちはある。それでも、罪を贖うためには死ぬしかないとは思いたくなかった。

全ての責任を彼女に押しつけることなど、できるはずがなかった。

固まっている場合ではない。どうにかしなければと、とにかく口を開く。

「エ、エリアーナ……人は誰しも弱い心を持つものです。あの日あの場にいたのがあなただったというだけで、もしそこにいたのが私であったとしても、きっと惑わされるまま魔王の封印を解いていたでしょう」

「そんな……！　デュナル様に限ってそのようなことはあり得ません！」

はっきりと言い切られて、デュナルはさすがに言葉に詰まった。

だが、ここで認めるわけにはいかなかった。

「――――いいえ。そうなのです」

デュナルは、特に訴えるべき存在であるマイネリーゼを一度見つめ、それからエリアーナへと視線を戻す。

「私は、教会で一番素晴らしい存在がエリアーナだと思っていましたし、それは今も変わりません。エリアーナは私を高く買ってくれていたようですが、むしろ私は自分勝手で、信仰心もない、高いのは聖力だけの聖職者の資格すらないような人間です！」

まごうことなき、本心である。

こうしてこの旅に同行したのだって、最初はエリアーナを助けることだけが目的だった。世界のことを考えていたわけではない。自分の推しのために旅立ったのだ。

そんな自分が聖者と崇められて、誰よりも尊い存在であるはずのエリアーナが貶められるなど、あっていいはずがない。

罪は罪だが、エリアーナが過ちを犯したのは、自分のせいなのだから。

「それに、これからは私以外の人たちにとっても、エリアーナが国で一番になるはずです」

「……どういう意味ですの？」

突然始まったデュナルの演説に、驚いた様子だったマイネリーゼが、首を傾げる。

「な、なぜなら、あの、ええと」

デュナルはちらりとアルフレッドを見た。アルフレッドはどこか不満げにデュナルを見つめている。

けれどそんなアルフレッドに、許せ、とデュナルは心の中で謝罪した。

「私はアルと駆け落ちするつもりなので！」

「……デュナル！」

「うわっ」

突然アルフレッドに抱きしめられて、デュナルは悲鳴を上げる。

「――そう！　俺とデュナルはこのまま駆け落ちすることになってるから、大教会にも国にも聖女が必要だと思うよ！」

完全に口から出任せだったのに、アルフレッドはなんの躊躇いもなく、嬉しそうにデュナルの言葉を肯定する。

あまりに激しい反応に、正直デュナルはびっくりしていたが、最初から認識を共有していたかのように頷く。

「そ、そんなのだめです！」

最初に否定したのは、がばりと顔を上げたエリアーナだった。

「デュナル様は教会に、いえ、世界に必要な存在です！　私は魔王などに堕ちたのですから、もう聖女ではいられません！」

前半はともかく、後半は正論である。

けれど、デュナルはアルフレッドの腕の中でゆっくりと頭を振った。

「私がいなくなり、エリアーナもいなくなっては、それこそ教会は立ち行かないでしょう。自分たちの幸せのためにあなたを犠牲にするようで申し訳ないけれど、どうか引き受けてほしい。それに、罪を犯したと感じているならば、教会で奉仕することは理に適っているのではないですか？」

「それは……そうですが……」

エリアーナは、困惑したように眉尻を下げる。

けれど、デュナルももはや引けなかった。それに、咄嗟に言った言葉ではあったけれど、アルフレッドがいいと言うならいい。

「言ったでしょう、私は自分勝手な人間なのです。本当はずっと、冒険者になりたかったんです」

そう言って、にっこりと笑ってみせたのだった。

◇

二人で寝ても十分な広さのベッドの上で、デュナルはアルフレッドに組み敷かれていた。

夜はとっぷりと更け、防音結界の張られた室内には、二人の生み出す音だけが響いている。

「も、だめ……っ」

中で出されたものがとろとろと零れ落ちるのを感じて、太ももが震えた。

もう何度出されたか分からなかった。勇者って絶倫のことなのか？　と思ってしまうのも仕方ないと思う。

デュナルはとっくに出すものもなくなって、けれど中だけで幾度となくイカされている。もうイキっぱなしと言ってもいい。それくらい、アルフレッドの攻めは容赦がなかった。

「だめ？　本当に？」

高く腰を上げられた体勢のまま、枕に額を擦りつけるようにしてこくこくと頷く。けれど……。

「ひぅっ」

突き入れられたのは、おそらくは指だろう。

「こんなにきゅうきゅう締めつけてくるのに？」

「あ、あっ、そこ、触るな……ってぇ」

前立腺を指でぐりぐりと刺激されて、デュナルは身悶え、軽い絶頂にびくびくと体を震わせる。

「中でイクの上手くなったね」

褒めるように背中にキスを落とされ、ゆっくりと指が抜かれる。どろりと中からまた、アルフレッドの出したものが零れた。

「これでまた入れられるよ」

「も、やだって……」

「お腹いっぱいで苦しいからいやだって言ったのはデュナルだよ？　だから、掻き出してあげたのに」

「そういう問題じゃ……あ、ああ――――っ」

アルフレッドのものをずん、と一息に突き入れられて、デュナルは強すぎる快感にそれだけでイッてしまい、背中をぎゅっと反らせる。

「あー……デュナルの中気持ちいい……イクたびにひくひく震えながら締めつけてくれてるよ」

「ひ、あっあっあっ」

言いながら奥を突かれて、そのたびに声が零れる。おかしくなるくらい気持ちがいい。

デュナルの体はすっかり中で気持ちよくなることを覚えてしまっていた。

そのまま今度は激しく抜き差しされて膝が崩れ、ずるりと中からアルフレッドのものが抜ける。

けれど、すぐに背中に覆い被さるようにして、また入れられてしまった。

「んっ、あ、や、これ、やだ……っ」

「どうして？」

「気持ち、よすぎ……あ、んっ、おかしく、なる……っ」

いわゆる寝バックというやつだが、本当に逃げ場がない。いや、どの体位であっても逃げることなどできないのだけれど、快感の逃げ場すらなくなってしまう。

けれど……。

「いくらでも、おかしくなっていいよ」

そう言うアルフレッドの声は、喜色と情欲に塗れ、耳元で吹き込まれただけでぞくぞくと背筋が震えた。

全く話が通じていない。

おかしくなりたくないのだ。みっともないし、わけが分からなくなり、いいのかだめなのかも判断できなくなって、思考も体もぐちゃぐちゃのどろどろになってしまうから。

なのになぜか、アルフレッドはデュナルのそんな様子を見たいのだという。

アルフレッドの与える快楽と欲望に溺れて、それだけでいっぱいになったデュナルを。

「デュナルの中、またいっぱいにさせて」

「ひ、あっ、あぁ……あぁ……」

ゆっくりと、けれど強いストロークで中をかき混ぜるように擦られて、デュナルはきゅうきゅうと中を締めつけてしまう。

そうして狭くなった場所を擦られれば、また狂おしいほどの快感を与えられてしまうのだと分かっているのに。

そのあとも何度イカされたか分からない。

気がついたときには、空はすっかり明るくなっていた。

「……爛れてる」

目を覚まし、すやすやと気持ちよさそうに隣で眠っている男を見て、デュナルはため息を吐く。

あれだけどろどろになっていたはずの自分の体はすっかりきれいになっていた。後始末はきちんとしてくれたらしい。風呂に入れられた記憶はないから、おそらく魔法だろう。

デュナルは自分の腰や股関節など、ミシミシと痛みを訴える箇所に治癒魔法を施すと、そっとベッドを出た。

カーテンの中に潜り込むようにして、窓の外を見る。

日はとっくに中天を越えていた。気を失うようにして眠ったのが夜明けを迎えてからだったのだから、仕方がないというものだ。

こうしてみると、旅の間は毎晩抱いていても、アルフレッドは手加減していたのだなと、思わず遠い目になってしまう。いや、ゲームの中では二人を相手にしても余裕だったのだから、そういうものなのかもしれない。エロゲの主人公って強い……。

そんなことを考えながら、窓の外を見下ろす。この寝室は二階にあり、眼下にはたくさんの人が行き交っていた。馬車の通る道も、歩道も、往来が盛んだ。

本来ならば外の音がうるさいのだろうけれど、そこは防音結界でどうにでもなるのだから、魔法は便利だ。デュナルが夜にどれだけ声を上げても、隣家にばれる心配もない。

ここは貿易都市ルガータ。

フェルシオン王国からは、魔王城のあった世界の亀裂を挟んだ反対側にある大国、フェイドラシア帝国の都市の一つだ。

この大陸にある大国は、フェルシオン王国とフェイドラシア帝国の二つなのだが、その間には通常、世界の亀裂と呼ばれる大渓谷と、それを取り巻く大森林、更にいくつかの小国がある。

そのため、戦争などを起こすのも現実的ではなく、多少の国交や個人的な貿易はあるにせよ、お互いにほとんど不干渉だった。

だからこそ、デュナルはアルフレッドとともに、帝国へ向かうことにしたのだ。

世界の亀裂が、魔王復活によって魔王城を有する山脈へと変貌している間ならば、渓谷を回り込む必要もなく、ショートカットしてすぐにでも帝国内に移動することができる。それを利用したのだ。

あの日――アルフレッドはマイネリーゼに、聖剣を託し、帝国に行くとあっさり告げた。

デュナルは勢いで言っただけだったけれど、アルフレッドのほうはいつの間にか脳内で筋道をつけていたらしい。

あとで聞いたところによると、勇者の褒賞としてデュナルを望んだ際に、国や教会に反対されたらどうするか、何通りもシミュレーションしていたらしい。

デュナルの同意もないのに、怖い。

いや、結果的に同意もないまま『駆け落ちする』と口にしたのはデュナルのほうなので、似たもの同士というか、アルフレッドとしては怖がられる理由はないと思うだろう。

自国から勇者という最大戦力と、聖者という最高峰の癒やし手を失う事態に、マイネリーゼの顔からは一瞬で血の気が引いていた。しかも、別の国に……敵国でないまでも、ライバル国と言っていい帝国に渡るというのである。

けれど、最終的にマイネリーゼは、それをデュナルも望むなら仕方ないと折れてくれた。他のメンバーも応援してくれている。

だが、必ず王と教会を説得してみせるので、連絡が取れるように落ち着いたら必ず報せを送ること、王国内で冒険者としての活動が認められた際には、王国に戻ることを約束させられている。大した国交がないというだけで、断絶されているわけではない。魔鳥を使えば文通も可能である。

もちろん、デュナルもアルフレッドも教会や国に恨みがあるわけではないのだから、向こうが是というならば戻ることは吝かではない。

それに、自分たちは仲間なのだから、もしもマイネリーゼや他の誰かに危機があるならば、駆けつけるとも約束した。

だが、その他の問題として、デュナルが気にかかっていたのは、アルフレッドのことである。つまり、勇者として受けるべき名誉や褒賞、その全てをアルフレッドが放棄することについてだ。

その上、駆け落ちとなれば身を隠しているわけで、今まで使っていた冒険者のライセンスも使えなくなる。

せっかく冒険者のランクもAまで上がっていたのに、登録からし直すとなれば、ランクも最初からになってしまう。本当にいいのだろうかと思ったが、アルフレッドは問題だとすら感じていないようだった。

もともと、冒険者ギルドの規定で、二ランク以上の開きがある場合はパーティが組めないのだという。つまり、アルフレッドがAランクであれば、組めるのはB~Sランクとなる。冒険者ランクはFスタートだから、当然初心者のデュナルがアルフレッドと組むことは不可能なのだ。

だから、アルフレッドはデュナルと一緒に始められるなら何も問題ないどころか、嬉しいとさえ言ってくれた。

蓄えはたっぷりあるし、討伐した魔物の売却などはランクが関係ないからそちらで稼げなくもない。しばらくはのんびり稼ぎつつ、ランクを上げていこう、と言われている。

それでも、やっぱりアルフレッドに大変な損失をさせているのは間違いないわけで、デュナルとしては好きな相手に苦労を掛けるのは心が痛む。

帝国に向かいながらもそのことを悩んでいたデュナルの気持ちを、アルフレッドは慮ってくれた――のだと思う。思いたい。アルフレッドが一つ、願いを口にしたのだ。

それが、帝国に着いたら借家でも借りて、しばらくは新婚夫婦のような生活がしたい、というものであった。

その結果が、この爛れきった生活である。

「デュナル？」

うしろで、シャッと音を立ててカーテンが開けられた。そのまま、振り返るよりも前に背後から抱きしめられる。

「隠れてたの？」

「違う。外見てただけ」

揶揄うような声に、デュナルは苦笑する。

「珍しいものでもあった？」

「別に。ただ、またこんな時間かと思ってさ」

チクリと嫌みを口にすると、抱きしめてくる腕の力がほんの少しだけ緩む。

「……怒ってる？」

「怒ってない。少し、呆れてはいるけどな」

言いながら振り向いて、頬と顎の間辺りにキスをする。こんなことができるようになるのだから、アルフレッドと二人の生活に自分も浮かれているのだろうなとは思う。

嬉しそうに笑うアルフレッドを見ればデュナルも嬉しくなるし、こういうときは、可愛いものだと思うのだけれど……。

いや、夜のことだってそうなのだ。

「そんなに不安がらなくても、俺は聖者に戻ったりしないぞ」

「……うん」

デュナルの言葉に、アルフレッドは軽く目を瞠ったあと、苦笑して頷いた。それから、そっとため息を吐く。

「ばれてたのか」

「まぁ、なんとなくだけどな」

自分を抱いている最中、アルフレッドは、もっとぐちゃぐちゃになって、気持ちのいいことしか考えられなくなって欲しいとか、欲望に溺れているところが見たいとか、そんなことばかり言うし、実践する。

ハイエルフの集落で言っていた通り、アルフレッドは未だにデュナルを『体から籠絡しておこう』と思っているのだ。

おそらく、デュナルがまかり間違っても、教会に戻ると言い出さないように。

「アル、俺は教会には戻らないぞ？ もし、王国に戻ることになっても、アルと一緒に冒険者を続けるつもりだし」

「約束してくれる？」

「ああ、約束する」

はっきりと頷いたのに、アルフレッドは仕方ないというように苦笑するだけだ。

「なんだよ？ 信じてないのか？」

「デュナルのことは信じてるよ」

むっとしてわずかに尖った唇に、アルフレッドがやさしくキスをする。

「……ただ、デュナルがそう思っていても、周りはそうじゃないからなぁ」

そう言われてしまえば、デュナルとしても絶対に大丈夫だとは言えない。けれど……。

「そんときはまた逃げればいいだろ。帝国でもいいけど、ナディアに頼んでエルフの里に隠れるとか……みんなのところを回ったりしてもいいかもな。きっと匿ってくれるから」

「俺はデュナルと二人がいいのに」

拗ねたように言いながらも、ぎゅうぎゅうと抱きしめる腕に力を込めてくる。けれど、ようやくどこかほっとした様子になったアルフレッドにデュナルも安堵した。

自分の推しには幸せでいて欲しい。それがデュナルの信条である。まさか前世跨ぎで推していたエリアーナから、推し変することになるとは思ってもいなかったが……。

そのエリアーナの進退についても、マイネリーゼは引き受けてくれた。罪を償うことはしてもらうけれど、デュナルが出奔したとあっては処刑されることにはならないだろうとも言ってくれて、本当に頭が上がらない。

マイネリーゼに頼られたときは、何をおいても駆けつけるべきだろうなと思う。もちろん、恩がなくても彼女は友人なのだから、当然のことだけれど。

「二人なのはいいけど、そろそろ冒険者も始めたい」

「そうだね。うん……最初は一日かかるような依頼でもないし、今からギルドに登録に行く？

依頼はよさそうなのがあれば、ってことで」

アルフレッドにそう問われて、デュナルは大きく頷いた。

ついに冒険者になれるのだ。

喜びを露わにしたデュナルを見つめ、アルフレッドも嬉しそうに微笑む。

けれど……。

「あー……そんな顔されたら家から出したくなくなるな」

その言葉にぎくりとして、慌てて腕を振り解く。このままではまた、ベッドに連れ込まれてしまいそうだ。

「ほら、さっさと支度しろって」

デュナルがそう言って踵を返すと、アルフレッドが不満げな声を上げる。けれど、デュナルが振り向いて早く、と促すとすぐにまた笑顔になった。

それを見て、デュナルもまた幸せを感じながら、クロゼットの扉に手を伸ばしたのだった……。

# あとがき

はじめまして、こんにちは。天野(あまの)かづきです。この本をお手にとってくださって、ありがとうございます。

ようやく外に出るのが苦でなくなるような気温になって、ほっとしている今日この頃(ごろ)ですが皆様(みなさま)いかがお過ごしでしょうか。とは言え、そんなに外に出る用事があるわけでもないですが……。

外に出ると言えば、最近何もしていないのに前歯のかぶせものが外れてしまい、慌(あわ)てて歯科医院に行ってきました。でも、何もしていないのに外れた、とか言ったら怪(あや)しいのでは（？）と思って、咄嗟(とっさ)に「フロスをしているときに外れた」と嘘(うそ)を吐(つ)いてしまったのです。なぜそんなことを言ってしまったのか……と帰ってからとても反省したので、ここで懺悔(ざんげ)しておきますね……。

結果的には、歯ぎしりと食いしばりのせいで負担が掛(か)かって外れやすくなっていたのではないか、というお話でした。何もしていない気がしていたけれど、寝(ね)ている間にやらかしていたようです。

今回のお話は、エロゲの悪役になるキャラとして転生してしまった受が、それを回避しようと頑張った結果、聖者になってしまい、勇者パーティに参加することになった挙げ句、勇者に愛されてしまう、という……前回に引き続きタイトルそのままの内容となっております。

私的には、長いタイトルシリーズ第二弾といった気持ちでおります（お話が続いているわけではありませんが）。ちなみに、長いタイトルの前作は『聖女じゃないと追い出されましたが竜人に愛されて幸せです』になります。併せてよろしくお願いします。

イラストのほうも、前回に引き続き、蓮川愛先生が描いてくださいました。戦闘シーンのアルフレッドがめちゃくちゃかっこいいのと、最近寝バックにはまっているので、好きなイラストレーターさんに描いていただけるのは本当に幸せなことだなと噛みしめています。

あと、女の子をいっぱい描いていただいて！　とても！　嬉しかったです!!　これだけの人数のキャラデザを考えていただくのは大変だったと思うのですが、本当にいつもありがとうございます。剣などにもこだわっていただいて、感謝しかないです。

そんな素敵な蓮川先生のイラストが見られる『獣人の最愛』と『獣人の求婚』もぜひよろし

くお願いします（宣伝）。

もう一つ宣伝なのですが、二〇二三年十二月二十八日発売予定『エメラルド冬の号』に、『モブは王子に攻略されました。』のコミカライズの続編が掲載される予定となっております。作画は陸裕千景子先生です。わたしも毎回とても楽しみにしているのですが、本当に素晴らしい漫画にしていただいているので、こちらも是非、よろしくお願いします。

そして担当の相澤さんには、いつもながら大変お世話になりました……。本当にありがとうございます。これから寒くなっていく時期ですので、お体には気をつけてください。

さて、最後になりましたが、この本を手に取ってくださった皆様、大変ありがとうございました。読まれて少しでも楽しいと思っていただけたなら、幸いです。皆様もお体には気をつけて、お過ごしくださいね。皆様のご健康とご多幸をお祈りしております。

二〇二三年　十月

天野かづき

# 魔王になるのを回避した結果なぜか勇者に愛されています

天野かづき

角川ルビー文庫　23969

2024年1月1日　初版発行

発行者――山下直久
発　行――株式会社KADOKAWA
〒102-8177　東京都千代田区富士見2-13-3
電話 0570-002-301(ナビダイヤル)
編集企画――エメラルド編集部
印刷所――株式会社暁印刷
製本所――本間製本株式会社
装幀者――鈴木洋介



●お問い合わせ
https://www.kadokawa.co.jp/ (「お問い合わせ」へお進みください)
※内容によっては、お答えできない場合があります。
※サポートは日本国内のみとさせていただきます。
※Japanese text only

ISBN978-4-04-114390-2　C0193　定価はカバーに表示してあります。

KADOKAWA
聖女じゃないと追い出されましたが竜人に愛されて幸せです
天野かづき
イラスト◆蓮川愛
聖女じゃなくてもチートなうえにツガイに超溺愛されています！
角川ルビー文庫
突然異世界に召喚されたものの、すぐに城から追い出されてしまった晴。魔物に襲われ意識を失った晴は、目が覚めた途端、自分を助けた竜人・フェルナンドに抱かれていた。フェルナンドは晴が自分の「ツガイ」だと言うが…？
大好評発売中
「追放ざまぁ系」異世界召喚ラブストーリー!!